BOSQUE SECO

Cuentos Aldeanos I

Juvenal Ramírez Gallo

Bosque Seco

Cuentos Aldeanos I

Título: Bosque Seco – Cuentos Aldeanos I
Autor: Juvenal Ramírez Gallo
Editor: Idelfonso Juvenal Ramírez Gallo
Av. Las Calezas 349 – Rímac – Lima - Perú
2a. edición – diciembre 2023
Depósito Legal N°2023-12331
ISBN: 978-612-00-9277-4
Impresión bajo demanda

Se terminó de imprimir en:
Amazon Digital Services LLC
410 Terry Avenue North Seattle, Wa, 98109, United States

Para:

Luz María, mi madre.

Y mis hermanos que me inspiraron estos relatos.

Y para:

Mercedes, Muriel y Estefanía, que me

animaron a escribirlos.

UNO

EL CABALLERO FANTASMA

La casa hacienda «La Cabaña» se aseguraba que era gobernada por un fantasma que cabalgaba algunas veces a la medianoche de luna nueva, que, aunque nadie lo haya visto, muchos lo habían escuchado. Para vivir esta sensación se debería estar dentro de la casa y con mucha suerte, porque no era un fenómeno que se presentara siempre. Felipe, un nieto del primer dueño de la casa, había oído varias veces esta historia, por lo que decidió junto con dos amigos, pasar la noche en la casa que ya estaba semicerrada desde hacía bastante tiempo, por falta de habitantes permanentes, ya que todos los miembros de la última familia de un hijo del primer propietario habían partido a varias partes del país donde fijaron su residencia de manera definitiva y permanente. Felipe, al igual que sus amigos vivía en la capital del departamento de Tumbes al extremo norte de la República de Perú.

Felipe había escuchado la historia que era voz pública sobre la existencia de un entierro que impedía el descanso del alma del fantasma, por eso convenció a dos de sus amigos para investigar la historia y así tal vez resuelvan el misterio y terminen ricos.

Utilizando el carro de uno de los amigos, recorrieron los casi setenta kilómetros de carretera afirmada. Llegaron a la casa como al medio día. Descargaron las provisiones, un pequeño refrigerador a kerosene, una cocina con su respectivo balón de gas y varias otras cosas, como para no olvidar las comodidades de la ciudad. Todo lo ubicaron en una pieza fuera del cuerpo principal de la casa, destinada para cocina desde hacía mucho tiempo. En esta pieza que era la mejor conservada de toda la propiedad, prepararon sus alimentos esa tarde. El dormitorio, tendría que estar necesariamente dentro de la casa, lo que parecía tendría que ser la primera condición para sentir el fenómeno paranormal, como se afirmaba fehacientemente.

Así lo hicieron. Esa primera noche no percibieron nada, todos se quedaron dormidos rápido, aunque con cierto temor, y despertaron a las seis de la mañana por los cantos de los chilalos. Les pareció que habían sido engañados, que nada sucedería. El día lo emplearon en inspeccionar los alrededores y el interior de la casa, buscando alguna evidencia, de que algo hubiera sucedido mientras dormían o cualquier cosa que pareciera extraña. Recorrieron todas las habitaciones, que todavía estaban amuebladas con sus camas , mesas y sillas. La casa era usada un par de veces al año por los familiares de la última familia que la habitó, en los días de la fiesta patronal y para las velaciones, y rara vez fuera de estas fechas. El cuidado y limpieza, de vez en cuando, estaba a cargo de una señora vecina del lugar. El piso de la casa era de madera. Gruesas tablas clavadas sobre listones o muertos del mismo material. El ras del piso de la casa estaba levantado unos ochenta centímetros sobre el nivel del suelo del patio delantero, desde donde empezaba una escalera de madera de unos cuatro peldaños, que iba al alar o cobertizo cercado con una reja de parantes torneados de un metro veinte, con espacio transversal suficiente para colocar una perezosa. La casa estaba construida en la parte más alta de un cerro desde el que se podía ver una parte de la carretera y la quebrada grande, en cuya orilla había un cementerio antiguo, que al parecer venía de la época incaica, según unas vasijas que desenterraron las aguas torrentosas en uno de los años con presencia del fenómeno El Niño. Hoy esa parte está considerada como sitio arqueológico.

En la segunda noche, no pudieron conciliar el sueño y permanecieron despiertos hablando de cualquier cosa, sin hacer referencia a lo que los había llevado ahí. Pareciera que su deseo más íntimo era que no pasara nada. Pero su deseo no fue escuchado. Bordeando la media noche, de pronto sintieron, es decir escucharon, que a lo lejos algo parecido a los pasos de un caballo se acercaba. El ruido se iba intensificando cada vez más por la parte trasera de la casa, hasta hacerse tan nítido que parecía que solo la pared lo separaba. A estas alturas estaba claro que eran pisadas de caballo y ya no tenían dudas de que se trataba del caballero fantasma, como la habían denominado. Luego de algunos segundos, que les parecieron eternos, el caballo avanzó, es decir los pasos del que parecía ser caballo avanzaron hacia un costado de la casa, el lado izquierdo mirando desde adentro. Los pasos continuaron, se escuchaba el tintinear de los fierros del freno y el ruido que les pareció de las espuelas del jinete. Se escuchó, luego, el chirriar de la vieja puerta tipo reja de madera, por el roce de madera y alambre oxidado de la rústica bisagra; luego los pasos del caballo entrando al patio delantero.

—¡Puña que ahí está! —exclamó uno de los jóvenes sin moverse para nada.

—Eso parece —dijo Felipe, pensando que no había sido buena idea esta aventura.

El tercer amigo no tenía ánimos de hablar. Los tres se quedaron acostados boca arriba sin dejar de mirar la puerta de la habitación.

Afuera, el caballo atravesaba el patio hasta llegar a la puerta de barras de madera torneada, que lo llevaría primero al cobertizo antes de entrar a la sala de la casa. Ahora escucharon el ruido de las bisagras y los cascos del caballo resbalando en la escalera de cuatro escalones. El ruido aumentaba por el piso de madera. Los muchachos están aterrados. No atinan a nada. No dicen nada. En su interior se preguntan qué cosa están haciendo ahí. Al parecer no esperaban que nada sucediera, el propósito era vanagloriarse de que habían sido capaces de ir al encuentro de un fantasma sin que nada les pase. Ahora, estaba sucediendo lo que en el fondo esperaban que no sucediera. Cada uno en su cama, tapados hasta el cuello, esperando de que todo termine, con la cabeza tan grande como un zapallo *macre* y los oídos silbando y un escalofrío y todas las pilosidades espinadas. Solo atinaban a esperar que todo termine. Pero no terminó. Aun no. Con un ruido estruendoso se abrió la puerta de dos hojas que daba acceso a la sala. En el piso de madera los pasos nerviosos del caballo eran ensordecedores y junto al sonido de fierros y espuelas, era realmente espeluznante. El caballo revoloteó por unos instantes en la sala y de improviso se hizo un silencio total, absoluto. Ningún ruido alteraba a la noche. Los jóvenes permanecieron en sus camas totalmente arropados, ya no hasta el cuello como antes, hasta que poco a poco fueron sacando la cabeza y el más sereno tomó su linterna y la prendió dirigiendo el haz de luz a todas partes de la habitación. No había nada. Los demás lo imitaron y prendieron además la lámpara de kerosene que tenían en el cuarto. La habitación se iluminó. Se miraron.

—Puta madre, era cierto —dijo Germán

—Yo les dije y ustedes no me creyeron, giles —agregó Felipe.

—Puta madre, qué fuerte carajo, qué cojudos venir solamente tres. ¿Y ahora, hay que ver afuera, o esperamos a que amanezca? —dice el tercero.

—No lo sé, ¿Qué dicen ustedes? —preguntó Felipe.

—Hay que mirar de una vez —agregó Germán, que era el más decidido.

Los demás estuvieron de acuerdo. Una ligera lluvia había empezado a caer y se escuchaba en el techo el ruido de las gotas al chocar con las tejas.

—¿Y eso que es? —dijo asustado Juan, el tercero del grupo.

—Está empezando a llover —se adelantó a contestar Felipe, que era el único capaz de reconocer el sonido de la lluvia.

—Voy a abrir —anunció Germán, al tiempo que jalaba lentamente la puerta, introduciendo la linterna a la estancia.

—¡Puñalada! —dijo y volvió a cerrar la puerta, mientras afuera se escuchó otra vez como el ruido de cascos de caballo sobre el piso de madera, que luego salieron de la casa y se perdieron en el silencio de la noche.

—Ya se fue —dijo Felipe.

—¡Germán! —gritó Juan— putamadre este huevín parece que se ha desmayado.

El ruido de las patas del caballo moviéndose sobre la madera del piso de la sala no había permitido escuchar, ni por el susto ver, la caída de Germán al piso.

—Puñalada, se ha muerto este pata —dijo Felipe blanco como papel.

—No está muerto, mira respira —dijo Juan señalando con la linterna el movimiento del pecho de Germán.

Lo sentaron ahí mismo apoyándolo en la pared.

—Quítate —dijo Felipe y le dio dos palmadas con ambas manos en los cachetes de Germán— ¡Oye, despierta! —le gritó.

—Vamos a tener que echarle agua —dijo Juan

—¿Tú vas a salir a traer agua?

—¿Yo?, ni de a vainas, si hay que salir, salimos todos. Pero ve, ya está despertando este pata.

Germán estaba tratando de incorporarse.

—Despacio, compadre —le dijo Felipe —ya pasó todo —agregó.

Le ayudaron a ponerse de pie.

—¿Ya se fue? —quiso saber Germán.

—Sí. Ya se fue. Creo que se asustó porque te desmayaste —dijo Juan haciendo alarde de un humor negro desconocido en él.

Germán, lo miró con cólera y luego a Felipe para decirle:

—Este huevón todavía tiene ganas de hacer chistes.

—Ya tranquilos, hay que salir. Todos hemos escuchado que se ha ido —dijo Felipe

—Todos, menos Germán —dijo Juan.

Germán lo volvió a mirar con odio, le quitó la linterna y volvió a abrir muy despacio la puerta, alumbró por la abertura, hasta abrir totalmente la hoja, avanzó, iluminó la habitación, por todos lados y no había nada, solo las sillas. Los demás salieron. La puerta principal de dos hojas estaba abierta de par en par. Al asomarse al alar, casi son derribados por unas seis cabras que habían entrado a guarecerse de la lluvia lo que les causó un terrible susto que si hubiera durado más los hubiera puesto al borde del desmayo ahora a todos, si no fuera porque rápidamente pudieron darse cuenta de que eran seres de este mundo.

—¿No habrán sido cabras, todo el tiempo? —dijo Juan.

—Lo que yo vi no fueron cabras, estoy seguro —dijo Germán.

—Pero varias cabras sobre el piso de madera hacen bastante ruido —insiste Juan.

—¡Que no fueron cabras! —gritó exasperado Germán.

—Eso es lo que dices para no reconocer que te desmayaste por unas cabras —replicó Juan.

—¡No fueron cabras, yo sé lo que vi! ¡Punto!

—Y qué fue lo que viste —terció Felipe.

—Un jinete y su caballo, o algo parecido, pero no fueron cabras.

Al final los tres convinieron de que lo sucedido esa noche estaba muy cerca de confirmar la versión del caballero fantasma y si se atenían a la visión Germán era más que seguro.

La creencia del pueblo era, en general, que la presencia de estos episodios tenía que ver con que en el lugar había un entierro y que el ánima en pena trataba de que se desentierre para descansar al fin en paz. Se decía que los entierros que hacían los antepasados para guardar sus ahorros y evitar los robos, no podían permanecer ocultos, porque impedían el descanso del alma del difunto. Con esta creencia y ante la posibilidad de que se habría comprobado la existencia del fantasma, formaron una sociedad para buscar el tesoro. Juntaron varios primos cercanos y lejanos para que se unan a la sociedad y aporten para la búsqueda y luego compartan los resultados.

Compraron un detector de metales y procedieron a sacar las tablas del piso de la casa, luego escarbaron por todos lados y no encontraron nada. Lo único que encontraron, fueron varios días en un campamento al aire libre haciendo excavaciones como arqueólogos.

Hasta ahora, hay quienes piensan que el entierro existe, pero que se revelará algún día a alguien que no piense en el beneficio, como ha sucedido en otras oportunidades cuando teniendo el entierro a la vista, la manifestación de alguien sobre lo ricos que van a ser, ha sido suficiente para que la vasija se deslice hasta el fondo y nunca más ha podido ser encontrada.

Después de la búsqueda, la casa quedó inservible para vivir, porque nadie se quiso hacer cargo de reparar los estropicios. Al año siguiente los herederos la derrumbaron y se repartieron las maderas. Solo quedó como muda testigo la piedra «cabeza de perro», pero esa es otra historia. No se ha vuelto a hablar del caballero fantasma, aunque adán Pérez, un habitante de la vecindad circundante de la casa, jura que hay noches en que un caballo recorre la meseta donde estuvo construida la casa, aunque bien podrían ser burros persiguiéndose unos a otros en sus ritos de procreación.

DOS

LA VEGA DE LA LUZ

Don Juan Antonio Peña Hurtado, era un excelente guitarrista. Él lo sabía y estaba orgulloso de serlo. Invitado obligado en las reuniones de amigos y familiares; y, sobre todo, en las fiestas patronales. Don Juan, no vivía de su afición, aunque a veces le pagaban por el día de trabajo perdido para que se quede en la reunión. Tampoco necesitaba una invitación siempre, porque donde había guitarras él aparecía. Se había hecho de una fama bien ganada, no solamente en su pueblo, sino en toda la comarca; y más allá. Viajaba grandes distancias llevando su música, más por el placer de tocar, que por ganar algún dinero. Montaba una mula vieja, que siempre lo traía a casa, aunque viniera dormido en la montura. «Vieja, pero segura», le gustaba decir. De vez en cuando montaba también su caballo alazán cuando el viaje era corto, pero no confiaba mucho en este animal porque lo sentía nervioso, a veces torpe y peligrosamente obediente lo que, combinado con la imprudencia de un jinete ebrio, era el camino seguro a una desgracia.

Le gustaba recibir los halagos femeninos, pero no era un mujeriego, ni siquiera se había casado; convivió por un tiempo y procreó un hijo que vive distante del pueblo, con su madre. Se podría decir que era un hombre solitario y su mayor interés la guitarra, se había casado con ella, decían.

Cuando recibía un pago, que dependía de la euforia, satisfacción, o de la cantidad de alcohol ingerida por los colaborantes, agradecía el gesto tocando con mayor entusiasmo. No tenía un trabajo dependiente con salario fijo, se desempeñaba como administrador de su propia chacra, donde casi todo el trabajo recaía en el único trabajador que tenía.

Estaría mintiendo si dijera que era un hombre hermoso. Tratándolo con benevolencia diría que era medio feo, que, si no fuera por su habilidad con la guitarra, pasaría desapercibido. Era más bajo que el promedio de sus paisanos, algo gordo, especialmente de la barriga, «por beber mucha cerveza», decía, cara redonda en consonancia con su cuerpo, pelo ensortijado, que cuando lo tenía un poco largo (casi siempre) le caía como bucles en la frente, tapándole los ojos, que él retiraba soplando hacia arriba, o con la mano izquierda que liberaba en el cambio de los compases. Acostumbraba a calzar unos botines negros con cremallera al costado, a los cuales procuraba tener siempre lustrosos, lo que era un imposible en los caminos de tierra; en su lucha contra el polvo lo acompañaba una pequeña escobilla que siempre llevaba consigo. No usaba sombrero, aunque montara a caballo (según los expertos, no debe montarse a caballo sin sombrero). Usaba pantalón de drill y camisa de algodón con el primer botón desabotonado que dejaba ver su pecho lampiño. Un hombre cualquiera, que con una guitarra se transformaba, sus ojos le brillaban y su rostro se encendía.

En uno de sus viajes para satisfacer a su audiencia se alejó más que de costumbre. Lo invitaron a la fiesta de aquel pueblo, para que toque y cante, por las montañas de un pueblo llamado Pilares a donde viajó a lomo de su caballo, contra su costumbre. Fue retenido por sus admiradores, hasta el lunes en la tarde, cuando emprendió su regreso.

Se despidió de los últimos *recorcoberos* y se perdió por el camino y pronto lo alcanzó la noche, cerca de un paraje conocido como la vega de la luz, o del andaluz. Con su guitarra en bandolera, bajo un cielo estrellado, pero sin luna, avanzaba a buen paso con el deseo de que la mañana lo alcance llegando a su pueblo.

De pronto, sin saber de dónde venían, escuchó unos acordes de guitarra. Detuvo la marcha y aguzó el oído, le pareció que el sonido iba adelante y apuró el paso. En un recodo del camino, vio a otro jinete que avanzaba despacio tocando una guitarra. El hombre llevaba un amplio sombrero y un poncho le cubría el cuerpo, solo los dedos de la mano parecían visibles en rápidos movimientos. Para él, que sabía de guitarra, el desconocido tocaba muy bien, «pero jamás mejor que yo» pensó. Acostumbrado a los duelos entre guitarristas y cantores, tomó su instrumento y sin que el desconocido lo haya visto, empezó a tocar. Fueron unos pocos acordes, los suficientes para anunciar su presencia.

—Es usted un excelente guitarrista —le dijo el desconocido, sin voltear a mirarlo.

—Se hace lo que se puede —dijo Juan Antonio con una falsa humildad, inflando el pecho.

—Pero para uno bueno, hay otro mejor —dijo el desconocido provocándolo.

—Eso depende de quién lo diga —contestó Juan Antonio, dispuesto a no quedarse callado.

—Pues yo digo, que le puedo ganar, si usted está dispuesto a apostar —le dijo el desconocido, lanzándole un desafío.

—En el ruedo se ven los toros —contestó Juan Antonio, muy seguro.

—Entonces lo invito a un duelo, para ver quién toca mejor —le dijo el desconocido que detuvo su caballo, volteó y se puso de frente.

Juan Antonio, trató de reconocer a su contrincante, pero la luz era insuficiente, la luna saldría aún más tarde esa noche.

—Empiece usted —le concedió Juan Antonio.

—Cómo diga —respondió el guitarrista anónimo.

Era en verdad muy bueno, casi como él. Terminó de tocar y antes de que le ceda el turno, Juan Antonio empezó haciendo el esfuerzo necesario para apenas superarlo.

Terminó con un rasgado sobre todas las cuerdas mirando al frente con el cuerpo erguido sobre su montura y la mano levantada en símbolo de triunfo.

—No está mal —le dijo el hombre— ahora cójame ésta —agregó.

Otra notable interpretación y superior a la anterior, que Juan Antonio empezó a dudar de su triunfo.

—Le toca —dijo el desconocido.

Ahora Juan Antonio no se apresuró. Buscó dentro de su repertorio la canción que, al interpretarla, demostrara de una vez por todas quién era el mejor.

—¿Se da por vencido? —lo apuró, una vez más el desconocido.

—Jamás —contestó decidido Juan Antonio.

—¿Cree que me puede vencer? —insistió el desconocido, al parecer lo quería desconcentrar. Juan Antonio, reparó en eso; «no caeré en su juego» pensó.

—Desde luego que lo voy a vencer.

—¿Quiere apostar? —el desconocido lo seguía apretando.

—¿Qué quiere perder? —contestó Juan Antonio, recuperando la serenidad.

—Nada que usted vaya a necesitar; y con pago a largo tiempo.

—Si no es nada que yo vaya a necesitar, para que le servirá a usted.

—Me servirá mucho, porque es un deseo del alma.

—Allá usted, ¿y si gano? Que así va a suceder, además.

—Si usted ganara, le daré el secreto para tocar, porque, aunque su orgullo se lo impida reconocer, mi estilo es de lejos superior al suyo. Y todavía no lo ha visto todo, escuche.

El desconocido se puso a tocar de una manera que Juan Antonio, jamás se hubiera imaginado que era posible. La piel se le erizaba y todo su cuerpo parecía flotar alrededor del ejecutante, que empezaba a ser visible con la luna que estaba saliendo y aumentaba la claridad.

Sintió que no era una ilusión flotar, sino que efectivamente lo hacía; y pudo ver por fin a su oponente y reparó que al caballo no se le veía cabeza y que solo se sostenía parado sobre dos patas y dónde debía estar la grupa, cubierta por el poncho, se asomaba una cola lisa y puntiaguda; y el poncho, no era poncho, ¡eran alas!, porque no era el caballo, era el jinete; y sus patas eran pezuñas hendidas, como de cabra, la guitarra, no era guitarra, era una serpiente enrollada entre el cuello y el sombrero, que tampoco era sombrero sino la cornamenta de un chivato. Sintió su cabeza como llena de algodones y millones de hormigas picándole la piel. «Estoy delirando o me estoy condenando» pensó; y sintió la necesidad de gritar:

—¡En la vega de la luz, mi alma se condena pudiendo decir Jesús!

Despertó tirado en el suelo, de costado y con su guitarra en bandolera. El estornudo de un caballo, lo hizo mirar rápidamente en la dirección del ruido, temía que la pesadilla continuara. Era su caballo. Se paró lentamente, sin saber con exactitud si se había quedado dormido y había tenido un mal sueño o había estado a punto de vender su alma al demonio.

La luna ya había salido y el camino ahora se podía ver como en el día. Miró a todos lados, subió a su caballo y galopó lo más rápido que pudo. «sí me hubiera venido en mi mula esto no hubiera pasado» pensó. Es que las mulas tienen fama de sentir cualquier presencia amenazante, por eso son las preferidas de gente que se moviliza sola por los montes o que tiene que pernoctar a la intemperie.

Después de esta noche, Juan Antonio no volvió a tocar la guitarra. El pueblo perdió un gran entretenimiento, pero tal vez, Dios recuperó a un alma.

TRES

EL ENTIERRO EN LA CASA
ABANDONADA

Al puesto fronterizo de Cazaderos llegó un nuevo reemplazo, el policía Rural Ramón Pérez Ordóñez.

—Bueno Ramón, el personal de este puesto te damos la bienvenida —le dijo el sargento Vidal.

—Gracias, mi sargento. ¿Y dónde voy a dormir?

—Por eso no te preocupes, aquí en la parte de atrás hay dos cuartos para los de retén. Ocuparás uno, mientras consigues otro alojamiento o si quieres de quedas ahí.

—Está bien sargento. Mientras no consiga otro lugar, aunque veo difícil que encuentre a alguien que me quiera hospedar, sin conocerme.

Así quedó establecido el policía Ramón Pérez, en el pueblo. Esa noche se quedó en el puesto con otro policía. Él por estar hospedado y el otro por estar de servicio. Pensó que un solo policía de servicio era muy poco. ¿Qué pasaría si tiene que salir a una intervención?, él tendría que estar como retén. Así siempre estaría de servicio. Al día siguiente le hizo saber su preocupación al sargento.

—Mi sargento, tengo una inquietud. ¿Qué pasa con el servicio si el policía encargado tiene que salir?

—¿Qué te preocupa? Eso no ocurre por aquí. Quédate tranquilo.

—¿Qué pasaría si ocurriera?

—Para eso es el servicio de retén.

—Pero anoche no hubo retén.

—Recién llegas y ya estás quisquilloso. Si no hay retén es porque no se necesita y si se necesitara, estás tú. No me digas que algo que puede suceder una vez al año, o nunca, te afecta demasiado.

—No, mi sargento.

A Ramón le quedó claro que el vivir ahí lo convertía en retén, por eso pensó que debería buscar otro alojamiento. Lo intentaría al menos y si no lo conseguía, caballero nomás se quedaría tranquilo.

Otro policía que había escuchado la conversación con el sargento le informó que había una casa medio abandonada, pero en buen estado gracias al cuidado que le daba un descendiente del dueño.

—Seguro que no tendrá inconveniente en alquilarla o inclusive dártela gratis con tal de que la cuides.

—¿Y con quién tengo que hablar?

—¿Ves la casa blanca de allá?, la que está al costado de ese árbol donde hay una mula amarrada. ¿La ves?

—Sí, ya la ubiqué —dijo Ramón muy interesado.

—Ahí vive don Juan Alfonso, encargado de que la casa se mantenga en pie. Parece que fue de su abuelo y tiene un valor sentimental para la familia.

—¿Y por qué no la habitan?

—Porque no la necesitan y porque algunos dicen que ahí penan. Pero yo creo que son tonterías. ¿Tú no crees en esas supersticiones verdad?

—Desde luego, que no. Qué tipo de policía sería si creyera en supersticiones.

—Entonces es probable que hayas resuelto tu problema si no quieres estar de servicio las veinticuatro horas. Yo ya he pasado por eso. Actualmente tengo mi casita donde vivo con mi mujer y mi hijo, me hubiera gustado ayudarte, pero no tengo espacio. Todos los demás alquilan cuartos en casas en las que tienen desocupados, lo que también es una solución, pero actualmente no sé quién pueda tener alguno.

Esa misma tarde Ramón habló con don Juan Alfonso:

—Don Juan, buenas tardes.

—Buenas tardes, dígame en que le puedo servir.

—Disculpe, pero me han informado que usted tiene una casa desocupada, que me podría alquilar. Soy nuevo en este puesto.

—Sí. Tengo una casa antigua de mi abuelo, pero tendría que hacerle limpieza, está llena de polvo. Solo se usa una vez al año, para la fiesta del pueblo en que viene mucha familia.

—¿Y no tendría inconveniente para alquilarla?

—¿Alquilarla, dice usted? —A Ramón le pareció que la repregunta de don Juan significaba que le disgustaba la idea de alquilar la casa de su abuelo y no se equivocaba.

—No. No he pensado alquilarla, pero sí se la puedo ceder para que viva mientras dure su servicio en este pueblo. Con la atingencia de que el diez de agosto, cuando celebramos la fiesta del pueblo, la casa se llena y tendrá que soportar eso que podría ser una molestia.

—No. No se preocupe por eso. Esos días, si quiere, me quedo en el puesto, para no incomodar.

—Eso ya lo veremos. Bien, espéreme un momento —don Juan Alfonso le dio la espalda y se dirigió hacia adentro de la casa, luego de un momento volvió a salir.

—Tenga, estas son las llaves. Pero ya sabe, tiene que limpiar mucho. Espero que eso no lo desanime. Por mi parte me sentiría contento con que solo no tenga el aspecto de casa abandonada.

—No se preocupe por eso. Me encantan las casas del campo. Entonces, muchas gracias, me voy de inmediato a verla. Le estoy muy agradecido.

Ramón se dirigió inmediatamente a la casa, como le ofreció a don Juan Alfonso. Efectivamente necesitaba una limpieza por dentro y por fuera, pero estaba bien. Un poco grande tal vez.

Al regresar al puesto le informó al sargento de que había conseguido alojamiento.

—¿Y quién te ha dado? Ha sido bastante rápido.

—Me han cedido la casa que tiene cerrada don Juan Alfonso.

—¿La casa vieja que está allá al otro extremo del pueblo?

—Afirmativo, mi sargento.

—Uy, espero que no te arrepientas.

—Por qué habría de hacer eso?

—¿No te han contado que en esa casa penan? Todo el pueblo lo sabe. Nadie entraría ahí de noche sin compañía.

—¿Usted también, mi sargento?

—Te digo lo que dicen. Allá tú, si lo crees o no. En todo caso estaremos ante una magnífica oportunidad de saber si lo que dicen es verdad o mentira.

Esa noche Ramón siguió durmiendo en el puesto, se trasladaría mañana después de limpiar un poco y llevar uno de los catres de campaña.

Al día siguiente en la tarde, se trasladó con lo poco que tenía: una bolsa de soldado con su ropa, un catre con sus sábanas y frazadas y un candil de kerosene para alumbrarse.

En esa primera noche, aunque él no creía en fantasmas, sí le incomodaban un poco los ruidos propios de una casa vieja; y lo peor eran los murciélagos que volaban rasantes por su rostro, por lo que se tapó con la frazada de la cabeza a los pies. Tenía miedo de ser mordido por uno de estos animales. «Mañana los corro de la casa» pensó. Luego se quedó profundamente dormido y no sintió nada hasta la mañana, pero algo debió haber sucedido: la frazada con la que se había tapado de pies a cabeza estaba tirada en un rincón de la habitación. «Qué raro» se dijo. Se fue al puesto a lavarse, porque aún no había llevado agua, desde el pozo de la quebrada. Tomó su toalla y su cepillo dental y se encaminó al puesto.

Al verlo llegar, dos de sus colegas le preguntaron cómo había dormido.

—¿No has sentido nada?

—No. ¿Es que debía sentir algo?

—No. Solo al muerto jalándote de las patas, Ja Ja —le dijo el más avispado acompañándose con la risa del otro.

Ramón no dijo nada. «Qué se le puede decir a un necio» pensó.

Parte de ese día lo empleó en seguir limpiando la casa. Se consiguió un rastrillo para liberar el exterior de palos, hojas secas y bosta. Ya casi al finalizar la tarde el mismo sargento lo visitó en su nuevo hospedaje.

—Está quedando muy bien —le dijo—, hasta parece que está perdiendo su aspecto de casa fantasma.

—Gracias por la observación, mi sargento. Creo que se pondrá mejor. Mañana reparo el fogón y junto leña para el domingo invitarlos a almorzar.

—Hecho —dijo el sargento— y se despidió.

Esa noche ya no le incomodaban mucho los ruidos de la casa, aunque sí todavía el vuelo y el ruido de las alas de los murciélagos. «Mañana sin falta, me ocupo de ellos».

Se durmió más rápido, sin despertarse hasta que amaneció. Se acordó de cómo había amanecido el día de ayer sin frazada. Ahora sí la tenía. «todo está bien» pensó. Sin embargo, no estaba bien: la cama había cambiado de posición, ahora estaba al centro de la habitación, cuando él la había puesto a un costado pegada a la pared.

—¿Qué está pasando? ¿Seré sonámbulo?

Trataba de recordar algo que le diera algún indicio mientras se afeitaba y lavaba con el agua que ahora había acarreado y depositado en una tinaja montada en un tronco del que salían tres ramas sobre las que se sostenía. No pudo sacar nada en claro.

Llegó al puesto listo para su servicio de ocho horas. Otra vez sus colegas, querían saber cómo había pasado la noche, ahora todos los cuatro incluidos el cabo, menos el sargento.

—¿No has sentido o escuchado nada? Debes tener un sueño muy pesado o te cuesta admitir que fue mala idea irte a vivir a esa casa.

—¿Quieren que les cuente? Bien les contaré. Me he dado cuenta de que soy sonámbulo y cómo me he dado cuenta: porque el primer día, me había levantado y tiré la colcha a un costado, porque yo me acosté cubriéndome todo el cuerpo por los murciélagos; y también porque anoche he movido la cama y no me acuerdo.

—Sonámbulo o alguien te está moviendo las cosas.

—¿Ustedes siguen creyendo en fantasmas? Yo les demostraré que no existen, cuando menos en esa casa.

En la tercera noche sí sintió algo que lo hizo dudar de su racionalidad. Se despertó con la sensación de que le habían movido el catre y al despertarse sintió como si alguien estuviera en la esquina de la habitación en el mismo sitio donde encontró la primera noche a la frazada. Prendió el candil e iluminó la habitación. No había nada. «Debo haber estado soñando» se dijo. Se volvió a quedar dormido, pero ya no apagó la luz. Despertó en la mañana sin novedad, aunque se sentía cansado.

En el puesto sus compañeros esperaban noticias.

—Anoche me dio pesadillas y sentí cómo me movían la cama, que hasta me pareció que alguien me hablaba. Prendí la luz, pero no había nadie en el cuarto.

—Dicen que en esa casa habita el fantasma de su dueño —le dijo uno de sus compañeros.

—Sí —terció otro—, un tío que conoce de estas cosas me dijo que un fantasma es un alma en pena, que no puede descasar porque ha dejado algo inconcluso en la tierra.

—Inconcluso, ¿como qué? —se interesó Ramón.

—No lo sé, algunos dicen que es como cuando dejan algo para más tarde. Algo que solo ellos conocen. Como un machete escondido en el tronco de un árbol.

—O como un entierro —agregó otro.

—Se dice también —agregó el que parecía más conocedor por haberlo oído de su tío—, que es posible comunicarse con el fantasma para saber qué quiere, para ayudarlo a su descanso eterno.

—¿Y cómo sería esa comunicación, los fantasmas hablan? —dijo Ramón, que había decidido prestarles algo de atención.

—¡Claro! Tienes que preguntarle «qué quieres» y él te dirá «una misa» o «busca en tal sitio». Tú le haces una misa o buscas donde te dice, entonces desaparece para siempre.

—¿Eso es todo, le hablo y listo?

—Eso dicen.

La cuarta noche. No pasó nada. Se levantó temprano se alistó y se fue para el puesto. Sus compañeros lo esperaban ansiosos.

—No ha pasado nada.

—¿Estás seguro? O ya no nos quieres contar.

—Es la verdad. Como me acosté amanecí. Creo que todo ha sido mi imaginación por lo que me han venido diciendo, que penas y tanta vaina.

La quinta noche. Como dicen que no hay quinto malo, a la media noche lo despertó un ruido como de un quejido, claramente lo escuchó y tuvo tiempo para recordar la conversación de anteayer con sus compañeros.

—¿Qué quieres? —preguntó como si se tratara de un fantasma parlante.

Silencio.

—¿Qué quieres? —repitió. «Creo que he estado soñando», se dijo y se dio vuelta en la cama para seguir durmiendo, cuando escuchó nítidamente:

—¡Sácame de estas penas!

La voz sonaba como de emitiera desde una caja de madera, con una especie de eco. Sintió escalofríos y fuertes ganas de salir corriendo, pero juntando fuerzas y serenidad, obtuvo el ánimo para hablar:

—¿Qué quieres?

—¡Quítame de estas penas!

—¿Quieres una misa?

—¡No!

—¿Entonces qué quieres?

Ya no hubo respuesta. Encendió la luz, no había nadie, solo en la esquina estaba tirado su capote; y el no recordaba haberlo dejado ahí. Tal vez es una señal, pensó.

Buscó con qué escarbar, solo tenía un cuchillo de cocina y con este empezó a hacer un agujero en el piso de tierra en el lugar donde había estado el capote. No avanzaba mucho, la tierra era muy dura, pensó dejarlo para mañana, para intentarlo con un pico o una barreta, pero ya no pudo contenerse, era como una necesidad seguir escarbando. Después como de cinco horas había avanzado como treinta o cuarenta centímetros y de pronto el cuchillo chocó con algo duro como una piedra, picó alrededor y apareció una superficie de cerámica, eso lo animó y aumentó la frecuencia de los golpes con el cuchillo y poco a poco apareció una vasija de cuello angosto con la boca tapada con un gran tapón de madera. «Es un entierro, una huaca, es lo que quiere que saque» pensó. Ramón había escuchado que las huacas que contenían oro y plata había que quemarlas, porque si no la persona que la destapaba podía morir. Terminó de escarbar a los costados de la vasija y la sacó sin tocar el gran tapón. Con cuidado la llevó al corral de atrás de la casa, prendió leña que usaba en la cocina y colocó encima a la vasija hasta que el calor hizo que se rompa, él permanecía como a ocho metros. Dejó que el fuego se extinguiera y removió las cenizas y vio una gran cantidad de monedas de oro y plata. Les tiró agua y las recogió con ceniza y todo. Le preocupó que alguien viera lo que estaba sucediendo. Además, debía ir al puesto. Todo lo juntó en las dos ollas más grandes que tenía en la cocina y las dejó debajo de la cama.

En el puesto, sus compañeros le dijeron que les cuente cómo había pasado la noche.

—Todo bien. He dormido como un angelito. Me parece que los fantasmas, son puro cuento. Si algo he dicho que pareciera confirmar tales decires, descártenlo porque han sido solo sueños de alguien que se trata de adaptar a un nuevo hábitat.

Cuando regresó a la casa, apurado sacó las ollas y empezó a lavar las monedas. Era una gran cantidad, varios kilos. Decidió no decirle nada a nadie. Esperó unos días y solicitó permiso para ausentarse a la capital del cantón donde presentó su renuncia.

Lo sucedido en la habitación de la vieja casa, se lo contó a uno de los policías que había estado en esos días; y que pasó a ocupar la casa vieja una vez que se supo que no había penas. Lo encontró en Quito y le hizo un relato con pelos y señales,

con el encargo de no divulgarlo. Lo que cumplió
escrupulosamente, hasta ahora.

CUATRO

ENEMIGOS HASTA LA MUERTE

Cuando tenía nueve años hice un viaje a Cazaderos un pueblo ecuatoriano inmediato a la frontera, de regreso por un camino de herradura, nuestro acompañante ocasional, un «campista» del lugar, que nos alcanzó en la quebrada cuando esperábamos que los caballos tomen agua, nos contó una historia, de la cual tenía referencia lejana, sin saber el lugar dónde sucedió.

Cuando subíamos por una cuesta no muy inclinada y antes de tomar una pequeña curva nos dijo:

—¿Observan esa cruz? —señalándonos una cruz pintada de blanco.

—Claro, es muy visible.

—¿Y ven la que está allá, en la otra orilla del camino? —nos dijo, ahora señalando una cruz pintada, también, de blanco como a ochenta metros de la otra.

—Sí. También es visible.

—Aquí se mataron dos enemigos —nos dijo.

—¿Al mismo tiempo? —pregunté ya francamente interesado.

—Uno murió en el mismo sitio, el de allá y el otro en su casa, por las heridas.

—¿Y cómo fue, sabes los detalles? —preguntó mi hermano mayor.

—No todos, solamente algunos. Bueno, eran desde luego enemigos, uno se llamaba Juan Tello y el otro Pedro Ordinola. Se dice que eran de la zona de la quebrada de Fernández. Uno de ellos tenía un hermano en el otro lado de la frontera, a quién visitaba con cierta frecuencia. La enemistad, decían, bueno hay dos versiones, una dice que estaban enamorados de la misma mujer, dicen también que la mujer se inclinaba por Ordinola, pero Juan Tello se la raptó, se la trajo para la frontera y cruzando la quebrada crecida, el caballo tropezó, la muchacha se soltó y la corriente la arrastró sin que Juan nada pueda hacer. Hubo una investigación en el otro país y no encontraron culpa en Juan, aunque Ordinola decía que era por las influencias del hermano. La otra versión dice que nunca existió tal mujer, ni estuvieron enamorados de una misma, la causa sería por una mula, un gran ejemplar de buen paso que compró Ordinola de un campesino ecuatoriano, Juan decía que la mula le pertenecía y que se la habían robado del corral de su hermano del otro lado de la frontera, pero no pudo demostrar su pertenencia, porque no estaba señalada ni marcada. Un juez le dio la razón a Ordinola. Por cualquier caso que haya sido, lo totalmente cierto era que se odiaban a muerte.

Un día que Juan visitó a su hermano, Ordinola decidió emboscarlo al regreso, en un lugar tan apartado que nadie escucharía los disparos y no habría quien pueda servir de testigo. Esta emboscada ya la había intentado antes, pero ocurría que Juan regresaba acompañado, hasta ese día. Hay que aclarar que Pedro Ordinola era famoso por su gran puntería.

El narrador continuó:

—¿Ven ese tronco que está allí? —nos enseñó un tronco muy grueso tirado como tomando sol al costado del camino.

Nos habíamos detenido frente al tronco.

—Lo vemos —respondimos al unísono.

—En ese tronco, que nadie sabe por qué no se pudre y desmorona como los otros, se ocultó pedro Ordinola a esperar. El tronco al ser tan grueso ocultó totalmente su cuerpo.

—¿De aquí le disparó a Juan?

—De aquí.

—¿Y lo mató?

—Lo hirió gravemente, pero no lo mató. Juan pudo sacar su wínchester que llevaba cruzado a la espalda y se deslizó por un costado del caballo para ocultarse detrás, pero recibió otro impacto, el caballo se espantó y quedó totalmente descubierto, pero pudo disparar antes de recibir el tercer balazo que le quitó la vida. Murió sin saber que le había acertado a Pedro debajo del corazón, causándole gran daño, pero no la muerte. Más aun, logró herido cabalgar como cincuenta kilómetros para morir dos días después, en su cama. La muerte de Juan, primero no se sabía por mano de quién había sido, pero al ocurrir también la muerte de pedro, todo quedó esclarecido. Les pusieron sendas cruces frente a frente y cuentan que en algunas noches se escuchan los balazos que cruzan los enemigos.

—Tengo una duda —dije irreverente.

—Habla niño que ya sé por dónde vas —me dijo enigmático el «campista».

—Si estaban solos. Si no había nadie más que los viera. ¿Cómo saben tanto de lo que pasó ese día?

—Sabía que me preguntarías eso. Pero es que, sí hubo un testigo, que, aunque ya se murió hace mucho tiempo, dicen que cabalga por aquí de vez en cuando para contar lo que vio. Ahora me despido, adiós y buen viaje.

El jinete dobló hacia la izquierda por un camino que apenas era visible y se perdió tras la arboleda, que por esta zona es tupida.

CINCO

FUEGO FATUO

El potrero de don Teodosio se ubicaba entre la carretera y la quebrada. Estaba lleno de algarrobos cuyos frutos servían para alimentar ganado, generalmente vacuno, a pesar del nombre, que nos haría pensar en potros; y no era más que un corral de unos doscientos metros de ancho y otros seiscientos de largo. Frente al potrero y al otro lado de la carretera, en un cerro bajo, Eduardo construyó su casa. Al norte del potrero había una chacra que formaba una especie de callejón con el cerco del potrero que llevaba a una casa cruzando la quebrada. Este desvío al desembocar a la carretera principal lo hacía en forma de ye, con un brazo hacia el sur y el otro hacia el norte. En el brazo hacia el sur crecía una gran mata de laurel que daba flores blancas. Se decía que justo en ese sitio penaban, no se decía exactamente en qué consistían las penas, pero era un lugar muy temido para transitar de noche, tan famoso que todos sabían de lo que se hablaba cuando se pronunciaba «el laurel». Cualquier cosa que se moviera en las inmediaciones de esa esquina producía un sobresalto de terror en el transeúnte por la fama que tenía. La casa de Eduardo estaba a escasos cincuenta metros de la mata aquella y muchos se preguntaban si era el mejor sitio para construir una casa, aunque convenían que la ubicación tenía sus ventajas, ubicada al borde prácticamente de la carretera, con agua cerca en un pozo con bomba instalada, en un terreno apenas elevado en forma de una meseta con espacio para construir hasta un palacio. Muy buen lugar, pero con mala fama que a Eduardo no le importó. Cuando se instaló fue un año lluvioso y el potrero se mantuvo lleno de arbustos. El siguiente año, sin embargo, fue de pocas lluvias y el potrero se fue quedando descubierto y transparentándose, se podía ver la quebrada del otro lado. Fue seguramente esto lo que le permitió observar, una noche, a su hijita de ocho años, una luz dentro del potrero, que describió como de color entre azul y verde, pero sin poder determinar el lugar con mucha precisión. La primera vez que la niña le dijo a Eduardo de la luz, este no le dio importancia, puesto que él no llegó a ver nada en ningún momento, aun cuando la niña insistía en su visión. Al día siguiente , la niña volvió a ver la luz.

—Será la luz de alguna lámpara —le dijo Eduardo.

—No papá. La luz de las lámparas es amarilla, esta es como azul, como verde.

—Puede ser que te parezca que tiene esos colores.

—No papá, si fuera lámpara que alguna persona lleva, entonces se movería y esta luz no se mueve. No comprendo por qué tú no la ves.

Eduardo, ante la insistencia de la niña, decidió ir a averiguar, no vaya a ser cosa que se trate de fuego, porque si así fuera, era mejor apagar la llama antes de que se propague. Caminó siguiendo la carretera del desvío, pasó al costado de la mata de laurel, con cierto miedo de todas maneras, influenciado por lo que decía la gente, aun cuando no era un hombre que se asustara fácilmente. Cuando se acercó al lugar donde suponía que la niña veía la luz y que el temía que sea un incendio, no había nada, ni olía a quemado.

—No hay nada hijita —le dijo Eduardo cuando volvió, a su hija,

—Pero yo la sigo viendo. Ahí está papá. Llévame para enseñarte.

—No niña. Ya es hora de dormir.

En la tercera noche, la niña dijo que no se veía nada, no se sabe sí lo dijo porque no le creían o porque no veía nada.

En la cuarta noche, se encontraba de visita en la casa de Eduardo, su compadre Otoniel, padrino de la niña. Luego de cenar, salieron hacia la parte delantera de la casa, para seguir la charla al aire fresco de la noche. La niña estaba teniendo otra visión de la luz y trataba de explicarle la ubicación a su hermano Eduardito, pero como este no veía nada la acusó de mentirosa.

—¡Yo no soy mentirosa! —gritó la niña, y Eduardo se vio obligado a intervenir.

—¿Qué pasa ahí? ¿Por qué gritas?

—Eduardito me está diciendo mentirosa porque él no puede ver las luces —dijo la niña al borde del llanto.

—¿De qué luces habla, mi ahijada? —se interesó Otoniel.

—*Tonteritas* de mi hija —intervino doña Teresa, la esposa de Eduardo, que se unió al grupo luego de terminar en la cocina.

—Unas luces que dice que ve en el potrero, pero que nadie más puede hacerlo. Únicamente ella —aclaró Eduardo.

—Pero puede que sea cierto —dijo el padrino a contrapelo de lo que parecían creer sus compadres.

—¿Quiere decir compadre, que las luces pueden ser verdaderas? —dijo Eduardo, medio incrédulo.

—Eso mismo, compadre, pero vamos a preguntarle bien a mi ahijada. Venga mi ahijadita predilecta —se dirigió a la niña, que escuchaba la conversación algo asustada.

—Dime, Juanita —Otoniel la llamó por su nombre—, ¿cómo son las luces que ves?

La niña no respondió, temía que, si decía que veía las luces, su papá se iba a enojar.

—Dile a tu padrino —la animó el padre, lo que hizo que la niña se decida a hablar.

—Se ven por allá —y señaló hacia el potrero.

—¿Y de color son? —sigue interrogando Otoniel.

—Son como azules, como verdes.

—Cuéntale a tu padrino todo lo que ves —insiste Eduardo.

—Está bien, es suficiente —la atajó Otoniel.

—¿Es suficiente para qué? —quiere saber Eduardo.

—Para saber de qué se trata. Hay cosas que sólo pueden ser vistas por niños.

—¿Y tiene algún significado?

—Sí, compadre. Hace tiempo, cerca de Máncora se presentó un caso, en un corral casi parecido a este; pero ahí sí podían ver la luz otras personas las que se encontrasen presentes, pero al acercarse desaparecía, el único que decía que la luz continuaba visible era un muchacho medio tontito, pero nadie le creía.

—Pero acá nadie la ve, solo Juanita —dijo incrédulo Eduardo.

—Tal vez es porque la distancia acá es menor. Porque allá a menor distancia solo la veía Juanillo como le decían.

—¿Y cómo terminó?

—En que parece que alguien le dijo a Juanillo que por ahí había enterrado algo. Le dijeron «busca para que te hagas rico» y aunque él no tenía idea de lo que era la riqueza, cuando pasaba por el lugar iba golpeando o raspando el suelo con el palo con el que se afirmaba para caminar.

—No me va a decir compadre que encontró algo.

—Yo diría que lo encontraron a él, porque por un senderito de cabras se asomaban entre el *yucún* unas monedas que recogió y se las llevó a enseñar a su tía que lo había criado, esta se dio cuenta inmediatamente que era oro y le pidió que vaya a traer más, que se llevara un pico si era necesario.

—¿Y por qué no fue ella o el marido a escarbar, en lugar de confiar en alguien medio tonto? —preguntó Eduardo.

—Porque ellos sabían, no sé de dónde, que cualquier demostración de ambición hacía que un entierro se hundiera más; y que se volviera imposible de sacar. Solo las personas exentas de toda ambición pueden extraer entierros, o al menos, eso es lo que dicen.

—¿Y encontró más?

—Dicen que sí; y la tía las guardó para que no se le pierdan a Juanillo.

—Y usted cree, compadre, ¿que acá hay un entierro?

—Cuidado compadre con la ambición.

—No, compadre, solamente quiero saber.

—Pero sí, tiene razón, puede tratarse de un entierro.

Mientras tanto la niña que había sido enviada a acostarse había estado mirando a través de la ventana de su cuarto que daba al potrero.

—Ahí está —se le oyó decirle a su hermano.

Otoniel paró la oreja.

—Venga compadre —le dijo a Eduardo y desde fuera del corredor le dijo a la niña.

—¿Estás viendo la luz ahora?

—Sí, padrino —contestó la niña.

Otoniel escudriño el potrero y no vio nada.

—Ya ahijadita, acuéstate nomás, ya no te preocupes.

—¿No le deberíamos decir que nos enseñe dónde ve las luces? —dijo Eduardo, acicateado por la noticia del probable tesoro.

—No, compadrito. Es un juego peligroso, no sabemos qué más hay. No podemos exponer a la niña.

—Lo que usted diga, compadre, que me ha resultado un experto.

—Es que tuve la oportunidad de estar en algo parecido, pero no salió muy bien. Otro día le cuento.

—¿Pero, no vamos a hacer nada? —se desesperaba Eduardo.

—Sí, tenemos que hacer algo. Tengo que pensar cómo obtener la ubicación con el mínimo error, pero sin exponer a la niña. Qué tal si ahora nos vamos a dormir y de repente la almohada nos aconseja algo.

—Está bien cumpita —aceptó Eduardo.

Otoniel dormiría en una pieza contigua a la casa que contaba con una cama rústica, aunque con colchón muy blando de lana vegetal de ceibo.

Otoniel al día siguiente tenía que viajar a Talara en el camión que los jueves trasladaba frutas y verduras el mercado de esa ciudad, esto era algo habitual para él desde hacía algún tiempo, desde que su Erlinda se fue a estudiar a esa ciudad. Una vez al mes viajaba a ver cómo estaba su hija y a hacer los pagos por su estadía y saldar otros gastos en los que haya incurrido la jovencita. Ya era también una costumbre venir de su casa ubicada en la parte alta de la comarca montado en una mula que dejaba al cuidado de su compadre mientras duraba el viaje a Talara.

El día siguiente, se levantó muy temprano y se fue a la quebrada, que, si bien no llevaba agua, había un pozo poco profundo, de donde la sacó en cantidad suficiente para asearse. Al regreso, en el desayuno, conversó del asunto de la noche anterior con su compadre, antes de que este salga al trabajo.

—He pensado en algo, compadre, para determinar la posición bastante aproximada de dónde hay que escarbar y ver si estamos con suerte. Vamos a usar dos puntos de referencia alineados con un tercero que será el lugar donde la niña vea la luz, esos dos puntos de referencia estarán marcados sobre un tubo o un palo recto como el cabo de una lampa, como la mira en una escopeta, lo único que necesitamos es variar el ángulo y poder fijarlo cuando mi ahijada alinee su ojo, con el alza y el punto de mira con el sitio de la luz. Yo traeré una machina para hacerlo, no se preocupe.

—Bien, entonces lo espero ansioso.

—Entonces no hay problema. Vamos por ahí, los niños me imagino que irán más tarde a la escuela.

Al día siguiente retornó el compadre, pero no avanzaron mucho, solo le mostró un trípode que le preparó don Esteban, el dueño de la casa en donde estaba pensionada su hija, pues dio la casualidad de que su amigo y colega Juan Méndez tenía un taller mecánico. El aparatito en conjunto era un trípode hecho de tubos, para que en los extremos libres que hacían de patas se les pueda incrustar varas redondas como extensión y según la altura requerida. En la parte superior tenía un tubito de ángulo regulable.

—Compadre Eduardo, he preparado esta *machina*, para que de aquí podamos establecer la ubicación de las luces con bastante precisión. Mañana le explico.

—Está bien compadre, por mi parte hice todo lo que me dijo.

—Listo compadre, porque hoy creo que debemos descansar. Mañana salgo temprano a mi casa, para que no se preocupen. Regreso en la tarde.

Eduardo diariamente se levantaba a las cinco de la mañana, ese día tampoco fue la excepción. También se levantó su compadre y mientras encerraban el ganado, sacaban la leche para el desayuno y se aseaban, le fue explicando algo de lo que harían en la noche. A las seis, Eduardo se fue a trabajar a la chacra y Otoniel a su Casa en las cumbres altas. Donde nace la quebrada.

En la tarde casi llegan al mismo tiempo los compadres a la casa de Eduardo.

—Bien compadre, hoy es la noche para acabar con los fuegos fatuos que asustan a mi ahijada.

Evitaba hablar de entierro o tesoro, por la creencia de que la ambición impide desenterrar tesoros protegidos por ánimas.

Sacó el pequeño trípode con su tubo regulable.

—Ahora compadre, traiga las varas que le pedí.

—Aquí compadre.

Otoniel, con una navaja les sacó punta como a un lápiz y las fue probando en las bocas de los tubos que hacen de patas del trípode.

—Ahora que venga mi ahijada.

Midió la altura que debían tener las varas para que la niña pueda mirar por el tubo como si fuera un catalejo. Las marcó y cortó a la altura necesaria; y luego procedió a armar el conjunto.

—Ahora compadre traiga los palos que le pedí.

Los palos parecían muy livianos, para que mantengas su posición. Pensó por un momento, sentado sobre un tronco y con la mirada fija en el suelo.

—Vamos a ver compadre. Vamos a usar el cerco del corredor y el arbolito que está adelante. Necesitamos una mesa para que se pare mi ahijada con el trípode. Le voy a explicar: la niña subida en esta mesa va a mirar por el tubo hacia las luces, una vez que las ve, corremos el trípode hasta que las luces se vean pegadas al tronco del arbolito y marcamos en ese punto, primero con un trapo blanco y luego le hacemos un pequeño corte para que no se mueva, ese será nuestro primer punto, luego vamos a poner un palo entre el tubo y las luces, pero más acá del árbol, la niña debe ver solo la punta del palo, lo amarramos bien al cerco y tendremos el segundo punto. Con esos dos puntos, determinaré mañana la ubicación —le explicó Otoniel a su compadre, aunque le quedaba la sensación de que no le estaba entendiendo nada, pero, aun así, continuó:

—Mañana cuando usted vuelva del trabajo ya lo tendré todo y si esa noche se repite, ajustamos las medidas y el domingo hacemos las excavaciones.

—¿Y no se molestará don Teo? —dijo Eduardo

—¿Quién, compadre?

—Don Teodosio, el dueño del potrero.

—Cierto. No habíamos pensado en eso —lo dijo pensativo y con rostro de contrariedad Otoniel.

—Le hablaremos pues

—¿Y qué le vamos a decir?

—La verdad. Peor es nada.

—¿Qué le decimos? ¿Denos permiso para sacar un entierro?

—Usted ha dicho que esas cosas son celosas que tan pronto se vea un poco de ambición se hunden más, entonces no tenemos alternativa.

—Tienes razón compadre y ¿cuándo le hablamos?

—Deje que yo me encargo, él tiene una chacra por allá abajo y la visita todos los días, porque tiene que alimentar a unas vacas que tiene encerradas, ahí lo busco y le hablo, en la noche ya tengo una respuesta para el día siguiente.

—Bien compadre.

Al día siguiente en la noche ya Otoniel tenía la ubicación de en dónde escarbar y Eduardo la autorización de don Teodosio.

—Don Teodosio quería que le diéramos la mitad de lo que encontremos, pero quedamos en un tercio para cada uno. ¿Está bien?

—Es justo.

El domingo a las seis de la mañana, los tres socios estaban listos para comenzar. Se habían agenciado de una barreta, un pico y dos lampas. Teodosio no participaba, solo cuando algo sonaba se acercaba para mirar. Ya llevaban escarbando un metro y empezaban a perder las esperanzas. Menos Otoniel.

—Tenemos que ampliar la excavación —dijo con toda naturalidad— usted también debería ayudar don Teodosio.

—Ahí sí que no puedo, sufro de la columna.

—Bueno, ni modo —dijo con resignación Eduardo y dio un golpe fuerte con la barreta clavándola en el piso del hueco escarbado. La herramienta se hundió y chocó con algo, tal vez una vasija de barro cocido. Todos se miraron.

—Aquí hay algo —dijo Eduardo moviendo la barreta y sacándola para hundirla de nuevo, pero esta vez no entró.

—Dele con más fuerza, compadre —le gritó Otoniel.

Esta vez sí entró y volvió a chocar con algo.

—Aquí hay algo, definitivamente —dijo Otoniel.

Teodosio escudriñaba el agujero tratando de descubrir algo.

—¿Está seguro de que hay algo? —le preguntó por fin a Otoniel.

—Sí, creo que sí. Debemos tomar algunas precauciones. ¡salga compadre!

—¿Por qué compadre? ¿No debería seguir escarbando?

—No, compadre y hágalo rápido. Lo que pasa don Teodosio y compadre Eduardo es que cuando hay un entierro que contiene oro y plata, dicen que se acumula antimonio, no sé qué significa, pero eso dicen.

—¿Y qué tiene que ver el antimonio? —dijo don Teodosio impaciente.

—Es venenoso, don Teodosio.

—Ah caray.

—Por eso le he pedido a mi compadre que salga.

—¿Y qué vamos a hacer? —quiso saber Eduardo.

—Vamos a calentar, quemando ramas encima, el calor hará que el gas se salga de la tierra, eso vi hacer en un entierro que sacaron por Alamor, por allá.

—Entonces no perdamos tiempo —dijo el animoso Eduardo.

Juntaron palos, Eduardo trajo kerosene de su casa y encendieron el fuego, hasta que se extinguió. Pusieron las brasas en los bordes del agujero y empezaron los compadres a escarbar con cuidado, parecía que el fuego había ablandado un poco la tierra. Los choques de las herramientas se hacían más continuos. Teodosio observaba desde el borde.

—Qué dice don Otoniel ¿Hay algo?

—Así parece que aquí hay algo, don Teo.

—Que sea lo suficientemente grande, para que mi mitad valga la pena.

Los compadres dejaron de escarbar y miraron con cólera a Teodosio, cada uno por diferente motivo. Eduardo, porque no habían quedado en que le darían la mitad y Otoniel porque se estaba expresando con avaricia,

—No pues don Teodosio —dijeron en coro.

—¿Por qué no? Es mi potrero y todo lo que hay aquí es mío. Ya es bastante que les esté dando la mitad.

—¡Puñalada! Tanto trabajo por las puras —exclamó Otoniel saliendo de un salto del agujero, Teodosio creyó que venía a agredirlo.

—Ya pues un tercio, para que vean que soy buena gente.

—¡Un tercio de qué! Con lo que usted acaba de hacer ya no encontraremos nada ¡¿no ha escuchado usted nada sobre entierros?!

—¿Eso de que se hunden? ¡por favor! Usted no puede creer en eso.

—Entonces veamos. Terminemos con esto —dijo Otoniel saltando al hueco y con golpes del pico rápidos, rabiosos, llegó a lo que ocasionaba el ruido. El pico se trabó y Otoniel tiró con fuerza y apareció un hueso que parecía el fémur de una persona. Lo tomó; y sin decir nada lo tiró fuera del hueco. Teodosio lo cogió y lo inspeccionó.

—Hueso grande, parece de un hombre muy alto.

Nadie le hizo caso.

Siguieron escarbando y otro hueso parecido. luego llegaron a lo que parecían las costillas. Tomó un pedazo de la columna vertebral con algunas costillas aún pegadas y de igual manera las tiró fuera del hueco.

—Definitivamente era un gigante —dijo Teodosio como un experto y como antes, nadie le hizo caso.

Debajo de la osamenta había un suelo oscuro como grasoso, más nada, ninguna vasija ni nada.

—Busquen la cabeza —dijo Teodosio.

—Buena idea, escarbemos para allá compadre, dijo Otoniel

Y encontraron la cabeza, una magnifica cabeza de caballo.

Escarbaron como medio metro más, hasta encontrar arena como la del lecho de la quebrada.

—Ya no hay más —dijo Otoniel.

—¿Eso es todo? —dijo Teodosio desengañado.

—Eso es todo, gracias a usted. Vamos compadre que aquí ya no hay más que hacer.

Otoniel tenía pocas ganas de hablar. Luego de dejar las herramientas en la casa de Eduardo, los compadres se fueron a bañar al pozo de la quebrada. Ya más calmados, Eduardo quiere algunas aclaraciones.

—Dígame compadre, ¿usted en verdad cree que había ahí el entierro de un tesoro?

—No estoy seguro.

—¿Y las luces cree que tengan que ver con el entierro o sólo es por el caballo enterrado?

—Son las dos posibilidades, compadre. Según lo que he escuchado, tanto animales como personas enterradas, como en los cementerios, producen esas luces y también cuando es entierro de metales. Cuál es la verdad, no la sé. Si las luces tenían que ver con el caballo enterrado lo sabremos esta noche.

Esa noche le pidieron a la niña que observe y así pudo ver una sombra que andaba por el lugar, pero no había luces.

—No veo luces, padrino, pero parece que algo se mueve.

—¿Algo se mueve? ¿Por dónde? —quiso saber Otoniel.

—Por el algarrobo grande.

A Otoniel le pareció que algo efectivamente se movía.

—Deben ser caballos o vacas de don Teodosio —concluyó

—O don Teodosio, que cree que lo hemos engañado. Está cuidando su tesoro, je, je. —dijo Eduardo.

—¿Usted cree, compadre?

—¿Por qué no le damos una miradita?

—Sin que nos vea —dijo Otoniel con malicia.

Los compadres se fueron caminando ocultos tras el cerco y desde la mata de laurel atisbaron a don Teodosio sentado en un tronco.

—Es él —dijo Eduardo muy despacio— hagámosle una broma, aunque parece que no lo asusta nada para estar ahí.

—No está solo. Sí se fija más a la derecha hay alguien más, acostado en el piso.

—¿Qué dice, compadre, los asustamos?

—Veamos qué pasa.

Empezaron con unos quejidos tenues e iban subiendo el volumen en cada vez. Los que estaban acostados eran dos, que primero se sentaron, pero al hacerse más fuertes los gemidos se pusieron de pie, al mismo tiempo que don Teodosio y emprendieron la retirada con gran ruido de ramas secas al quebrarse por las pisadas alborotadas.

Los compadres, esa noche, se acostaron tan pobres como antes, pero satisfechos.

SEIS

LA VEGA DEL OVERAZAL

En época de lluvias, entre los meses de enero y marzo; la carretera se interrumpe cuando las quebradas crecen. La ruta que en mi pueblo se utilizaba, para salir del aislamiento era la que corría hasta la carretera panamericana a la altura de Punta Mero, un pueblo ubicado entre Zorritos y Máncora.

La gente en esos días, para viajar recurría a sus caballos, mulas y burros; y si no tenía, a sus propios pies. En uno de estos viajes, regresábamos a nuestro pueblo, mi tío Santos y yo.

—Apura el paso, sobrino. Tenemos que pasar antes de la media noche por la vega del *overazal.*

—¿Por qué, tío? —atiné a preguntar.

—Porque alrededor de la medianoche se vuelve muy pesada.

—¿Cómo que se vuelve pesada?

—¿Nunca has escuchado nada de esta vega? —inquirió incrédulo mi tío.

—No, tío. Solamente algunas habladurías acerca de fantasmas en pena, para asustar a las tías.

—¿Solamente algunas habladurías?, entiendo que no crees que esas «habladurías» sean ciertas.

—¿Me estás diciendo, tío, que sí crees en esos cuentos? Me sorprendes. Te considero un hombre muy racional como para entender que es el miedo el que nos hace ver ilusiones. Tengo entendido que ya has desmentido a algunos sobre supuestos fantasmas.

—Sí, es probable, sobrino, que la mente te engañe y te haga ver cosas que no existen, pero también es probable que justamente en ese sitio nos mostramos más proclives al engaño. Hay sustancias que te hacen alucinar ¿es verdad? Bueno, convendrás conmigo en que sí en este sitio se emanara algún tipo de sustancia con propiedades alucinógenas que al mismo tiempo aumenten tú miedo. ¿Es posible que esas situaciones, puedas ver fantasmas?

—Planteado de esa manera, es posible; pero eso no demostraría que los fantasmas existen. Estaríamos ante un caso de alucinaciones.

—Tú puedes establecer que son alucinaciones, con bastante certeza, cuando en el mismo lugar y en el mismo instante, hay alguien que no las sufre. En el caso del consumo de alucinógenos, por ejemplo, las sufre el que ha consumido la sustancia que las produce. Pero la persona que está a su costado sin consumir, no las sufre. En el caso de la visión de los fantasmas, al menos en esta zona, no ha habido nadie que se haya mantenido al margen, mientras los otros los veían. Entonces, cómo saber que son alucinaciones y no hechos reales.

—Veo, tío, que lo has pensado mucho.

—Tú lo has dicho, sobrino: soy una persona bastante racional, pero de esto no tengo explicación, todavía. Por eso mejor evito. Pero si quieres experimentar, podemos pasar por la vega alrededor de las doce de la noche, para ver si nos topamos con la experiencia paranormal.

—Acepto tu oferta, tío. Aunque no puedo dejar de reconocer que siento un ... poco de miedo.

—Sin embargo, tienes que controlarlo, sino quieres ver más fantasmas de los que quisieras. Hay un dicho bien trillado, pero no por eso menos exacto: «Sentir miedo es normal en los humanos, lo importante es controlarlo».

—Si, tío. Soy consciente que un hombre que no siente miedo ha perdido parte de su humanidad. Espero, sin embargo, poder controlar el mío.

—Bien, mi querido sobrino, nos estamos acercando al lugar y a la hora indicada. Respira profundo. Si quieres seguimos hablando de otra cosa, para bajar la tensión.

—No, tío. Quiero estar atento a lo que pueda suceder.

—Si es que sucede algo —dijo mi tío riendo.

Me pareció que lo dijo para que me calme la esperanza de que nada suceda. Porque, la verdad, ya me estaba muriendo de miedo.

El camino por el que habíamos venido estaba lleno de subidas y bajadas, pero siempre descendiendo, en el balance, hacia el valle. La vega del *overazal* se encontraba en el valle, en la parte más baja y cercana al pueblo. Cerca de la vega había algunas chacras. Muchas de las historias de los fantasmas de la vega, provenían de las personas que cuidaban estas chacras. Yo las había escuchado varias veces y no me parecían reales, aunque reconozco que no pasaría sin compañía por estos lugares a las doce de la noche. Esta vez tampoco lo hubiera querido hacer, si no fuera porque quería poner sobre las cuerdas a mi tío Santos, que era un tipo muy centrado y tenía una explicación razonable para todo. Mi imprudencia me había puesto es la posición de experimentar algo que tampoco podría explicar.

Cruzamos el último paso de la quebrada que bajaba serpenteando el Cerro Mulatos cruzándose con el camino en varios puntos. Después del último cruce, escalamos, el que sería, también, el último cerrito, después del cual empezamos a introducirnos en la vega. El solo hecho de ingresar me puso incómodo. Temeroso. Y más todavía cuando, al parecer, un ave nocturna me pasó rozando por la cara y el ulular de por lo menos dos lechuzas se escuchaba muy cercano.

La oscuridad aumentó de un momento a otro. Inesperadamente. Empecé a sentir cómo me hormigueaba el cuero cabelludo y mi cabello empezaba a encresparse. Era algo inconsciente. No podía controlarlo. Mis oídos empezaron a emitir un ruido como el que hacen las olas marinas al romperse en la costa, pero sin intermitencias, «no tengo miedo, no tengo miedo» repetía en silencio. Montábamos un caballo cada uno y arreábamos dos mulas y dos burros, con carga.

La primera alarma vino cuando las mulas, que apenas veíamos, levantaron la cabeza y emitieron un sonido como un bufido o un resoplido.

—¡Arre, mulas! ¡Huep, huep! —comenzó a gritar mi tío, luego me explicaría que era para distraerlas.

—¿Qué pasa, tío? No escucho nada —se me ocurrió decir, porque en verdad no escuchaba nada. Solamente sentía escalofríos.

—No te preocupes, las mulas han olfateado algún animal, por aquí suelen haber huanchacos, zorros o macanches —Ahora me quería distraer a mí.

—Tío, se han detenido —los animales en lugar de avanzar retrocedían, hasta los burros se habían detenido, pero los caballos se mantenían tranquilos, aunque emitían sus clásicos sonidos como expulsando polvo de sus fosas nasales. Mi tío empujó a las mulas metiéndoles el caballo y lanzándoles un latigazo. Los animales avanzaron corriendo.

La actuación de los animales no aumentó mi miedo, más bien me distrajo un poco, pero casi me caigo del caballo, cuando me llegó nítido un sonido como un rechinar de madera contra madera.

—¿Qué fue eso, tío?

—¿A qué te refieres?, yo no escucho nada.

No sé si mi tío en verdad no escuchó nada o lo negaba para evitar que aumente mi miedo, que seguramente ya era muy notorio. Iba a explicarle lo que había escuchado, cuando ya no fue necesario. Se escuchaban claramente los pasos sobre la tierra de muchas personas, que si tuviera que contarlas diría que eran como cincuenta. Se escuchaba también el rechinar como de las ruedas de una carreta. Hasta la respiración de los caminantes y de la bestia de tiro eran perfectamente audibles. Mi imaginación supuso una carreta tirada por un buey. La tropa pasó por nuestro costado, pero no se veía nada. La oscuridad era total. Me parecía que si estiraba la mano los tocaría. Nos habíamos detenido, para que pasen. Mi cabeza me pesaba una arroba. Mis oídos zumbaban. Parecía que me iba a desmayar. Mi corazón me golpeaba el pecho y podía oír sus latidos como el sonido de un tambor mezclado con todos los ruidos. El tiempo se hacía interminable. Y de pronto, el silencio total. No se escuchaban ni chicharras, ni grillos. Silencio. Mi tío hizo que su caballo avanzara. Lo seguí. No tenía ganas de hablar. Tenía náuseas. La boca seca. La oscuridad empezó a disminuir, estábamos saliendo de la vega y aumentamos el paso. Las mulas y los burros no estaban por ningún lado. Si se habían quedado atrás entre los árboles, ¿regresar a buscarlas? Yo no quería eso. ¿Esperar a mi tío ahí? Tampoco quería eso.

—Las mulas y los burros ya deben haber llegado a la casa, después del susto que se han pegado —dijo mi tío, como de manera casual.

Eso me sacó de mis preocupaciones y le agradecí en mi interior que no se refiera a lo vivido, aún no, cuando menos hasta haber salido totalmente de esta vega. No hablamos hasta que entramos al pueblo. Me volví a sentir seguro; y aliviado.

—¿Qué fue eso, tío? —fui el primero que abordó el tema.

—Dímelo tú que eres un hombre ecuánime y ajustado a la ciencia, como siempre me lo repites. ¿Fue el miedo? ¿A ambos nos afectó el miedo? O es que hemos visto cosas distintas. Dime ¿Qué has oído o visto tú?

—Te lo describiré de esta manera: esta noche he visto como se oscurecía una parte del camino de manera inexplicable y como de la misma manera un grupo de personas en silencio caminaban detrás de lo que a mí me pareció un ataúd cargado sobre una carreta tirada por una mula o por un burro, o por un buey. Eso deduzco de lo que escuché, porque no vi nada.

—¿Y cuál es tu veredicto? ¿A qué conclusión ha llegado tú cerebro?

—No lo sé, tío. Pero ahora dormiré con la luz encendida.

SIETE

EL DUENDE

Las Historias sobre duendes son muchas y variadas entre los pueblos del bosque seco en el norte peruano. Al duende se le describe como a un enano muy enamoradizo. Solo de jovencitas. Usa un gran sombrero que apenas deja ver su rostro. Se desplaza sin tocar el suelo. Tiene un silbido muy agudo, con el que suele anunciar su presencia, es muy celoso con la joven de la que se enamora, suele lanzar piedras o monedas y vestir de negro. Es muy pulcro y deja en paz a la joven elegida si esta hace algo que le repugne. Pero a pesar de las descripciones que se tienen, nadie ha reportado que lo haya visto.

Eloísa era una joven morena de ojos negros y grandes, cabello muy largo y negro también, de dientes muy blancos y de sonrisa fácil como de metro sesenta, más gruesita que delgada. Vivía con su tía en una casa construida en un cerro, muy cerca de la quebrada, de donde obtenía el agua para la vida diaria.

Una tarde, la tía la escuchó reírse en la cocina, mientras estaba preparando la cena. Pensó que se trataba de su hijo Meregildo acosando a su prima. Cosas que ella no aprobaba, ni, aunque sea en broma, como pretendía hacerle creer su hijo; por eso al escuchar las risas de Eloísa, dejó lo que estaba haciendo y se dirigió presurosa a la cocina.

—¡¿Qué está pasando aquí?! —gritó antes de llegar a la puerta.

En la cocina estaba solamente Eloísa. Miró debajo de la mesa y del fogón, que eran los únicos sitios donde se podría esconder alguien. No lo podía entender. Miró inquisitiva y con el ceño fruncido a la joven. Esta sin decir nada, también miraba a la tía.

—¿De qué te reías? —interrogó la doña a su sobrina.

—De nada, tía

—¿Cómo que de nada?, te he escuchado hasta la sala. ¿Alguien ha estado aquí?

—Bueno tía …

—¿Cómo que bueno? Dime de una vez. ¿Ha sido el Mere?

—¡No tía! Él no entra a la cocina desde que se lo prohibió usted.

—Entonces ¡Quién! Habla de una vez que me sacas de quicio.

—Es que usted no me va a creer tía —dijo Eloísa bajando la mirada.

—¿Por qué no habría de creerte, sí me dijeras la verdad?

—Es un duende tía.

—¿Un duende?, ¿de esos enanos sombrerudos?

—Sí. sí tía, desde hace algunos días anda que me silba.

—¿Me estás viendo la cara de tonta?

—No, tía, ¿cómo se le ocurre?

—Entonces no me cuentes mentiras.

—Es que no son mentiras. Le contaré todo, si me escucha, aunque no me crea, pero déjeme terminar.

—Está bien, no te interrumpiré.

La tía se sentó en una silla y apoyó uno de sus brazos sobre la mesa.

—Como ya le había dicho, desde hace unos días, escucho cómo el duende me silba, al comienzo no sabía que era el duende, ni que cosa fuera, pensaba que era el viento.

—¿Y cómo te silba?

—En realidad no es como que me silba, es más bien como anunciando su presencia. Es un silbido muy agudo, imposible de imitarlo por nosotros.

—Y luego que se presenta con su silbo, ¿qué hace?

—A veces nada.

—¿Lo ves?

—No. Nunca lo he visto.

—¿Entonces si no silba, no puedes saber que está ahí?

—Sí lo sé, si está presente, porque siento un vientecito frío por las piernas.

—¿Y ahora lo estás sintiendo?

—No. Ahora no.

—Eso significa que no está aquí.

—Sí, eso significa.

—Menos mal, lo último que quiero es tener que ver con un duende, porque dicen que son muy malcriados con las mujeres mayores: les tiran palos.

—A mí me tira piedras, pero no al cuerpo, las tira al piso, parece que las recoge de la quebrada porque están húmedas y con esas *lanas* verdes que las cubren.

—¿Cuando estás sola?, entiendo que lo hacen cuando alguien se acerca a la joven de la que se ha enamorado. Porque dicen que son muy enamoradizos.

—La vez pasada le grité: por qué no me tiras dinero en vez de piedras.

—¿Y te tiró dinero?

—Sí —la joven empezó a reírse.

—¿Por qué te ríes, que te dio?

—Puras monedas sin valor, centavos que ya ni los aceptan.

—¿Los tienes, puedo verlos?

—No, porque los dejé aquí —señaló una repisa de madera— y luego ya no estaban, se los habrá llevado él mismo, parece que es tacaño.

—¿Y no te asusta?

—Ahora ya no, pero al comienzo sí. La primera vez en el algarrobal de antes de la casa de mi tía Matilde, sí me dio miedo, pero ahora no, porque creo que no me quiere hacer daño, solo quiere estar cerca.

—¿Y no te incomoda?

—Sí, un poco, y más, si se llegaran a enterar otras personas y crean que estoy loca o maldecida.

—Me has debido informar antes, para hacer algo. Dicen que don Leonardo sabe lidiar con estas cosas. Lo voy a llamar para que venga.

Don Leonardo, hombres de muchos recursos, de una cultura sobre el promedio de los habitantes del pueblo y además gran conocedor de las propiedades curativas de las plantas, por lo que se había hecho merecedor del tratamiento de doctor. Era con frecuencia consultado sobre múltiples aspectos. Llegó a la conclusión de que sí, efectivamente era un duende, como lo había dicho Eloísa.

—Sí, doña Petronila, tiene solución.

—¿Necesitaremos agua bendita?

—No es necesario, pero nunca está de más la limpieza de la casa.

—Bien, entonces usted nos dirá.

—Antes quisiera contarle algo sobre los duendes, dicen que son los espíritus de niños que han muerto sin bautizar, por eso no pueden entrar al cielo. Además, su espíritu crece como niño real, se hacen jóvenes, pero nunca envejecen. Ahuyentarlos no es muy difícil, no les gusta cosas que resulten asquerosa incluso para nosotros.

—¿Cómo qué?

—La persona acosada por un duende, debe hacer algo desagradable, como por ejemplo comer excremento humano.

—¡Ay, por Dios, doctor Leonardo! ¿Quién va a hacer una cosa así?

—No es que lo haga realmente, solo simular.

—Ah, bueno.

Ese fue efectivamente el remedio. El duende no volvió a molestar a Eloísa. A tiempo se le ahuyentó, según el doctor Leonardo, porque si no cada vez se habría manifestado más violentamente contra los que se acerquen a la joven, tirando cosas, derramando líquidos o soplando vientos que apagaban luces, lo que haría que la gente evite estar cerca de la joven, haciendo que el rechazo la convenza de que ya no podría vivir con sus semejantes y termine suicidándose para irse con el duende.

OCHO

EL ESPÍRITU DE JULIETA

Jorge, un muchacho como de veinte años, estudiaba en la ciudad de Trujillo y volvía a su pueblo dos veces al año, en las vacaciones de fin de semestre.

En uno de sus retornos, le sucedió algo extraordinario y sin explicación hasta ahora.

En la fiesta patronal de un pueblo del distrito, a la que asistió, conoció a una bella joven, que era la admiración de todos; y la envidia de todas. Lo acompañaba uno de sus hermanos mayores. Al inicio, como en toda fiesta, se dio la etapa de ambientación, saludaron a algunos conocidos y conocidas, amigos, amigas y familiares, como si no se hubieran visto en mucho tiempo. El baile lo empezaron bailando entre ellos; en las primeras piezas invitó a su prima Judith, con la que estudiaba en la misma universidad. A su costado bailaba una joven que le pareció muy bella, con un parroquiano del pueblo vecino quien trataba de impresionarla con una serie de requiebres. Jorge no dejaba de mirar a la joven. A Judith no se le pasó desapercibido.

—Cuidado te tropiezas, primo —le dijo mofándose.

—Vamos, ¿por qué me dices eso? —dijo Jorge, aunque sabía perfectamente a que se refería su prima.

—Ya deja de mirarla tanto, no te olvides que yo soy tu pareja de baile. Espera a que termine la canción y podrás mirarla todo lo que quieras.

—Disculpa, prima —se avergonzó el muchacho.

Tomó a su prima del talle con una mano y terminaron la pieza bailando sin soltarse, prestándole toda la atención, como una manera de disculparse, pero al terminar la pieza, no pudo evitar mirar de nuevo a la joven. No podía evitarlo; y más cuando su mirada fue correspondida con una sonrisa. Desde ese momento, decidió que la sacaría a bailar, el problema era que estaba acompañada con un fulano que tenía fama de liero, según había oído decir. Sin embargo, algo extraordinario sucedió, cuando estaba por empezar la siguiente pieza de baile, el patita se alejó y la dejó sola, y ella, inmediatamente lo miró; y Jorge, entendió que era una invitación. No perdió ni medio segundo y se acercó justo cuando empezaban los primeros compases de un vals.

—¿Bailamos? —le dijo sin saludar.

Ella sonrió, hizo una venía, como una sentadilla mientras se tomaba la falda con una mano y le extendía la otra, Jorge la tomó con delicadeza y con la mano libre la tomó del talle.

—Hace rato que quería invitarte a bailar, pero estabas siempre ocupada —le dijo el joven, para empezar la conversación.

—Ah, sí. Bailaba con mi amigo —le contestó.

Dejándole en claro que el muchacho, que se llamaba Florentino, no era más que su amigo. A Jorge le pareció extraordinario, porque así estaría en igualdad de condiciones con el otro.

—¿Cuál es tu nombre? —preguntó el joven.

—¿Qué importancia tiene un nombre? ¿Es que acaso no has leído a *Romeo y Julieta?*

—¿Te refieres al nombre de la rosa?

—Precisamente.

—Pero necesito llamarte de algún modo. Te llamaré Beatriz.

—¿Y por qué mejor no me llamas Julieta?

—Está bien Julieta. Sí, está perfecto. Solo espero que el final no sea una tragedia, como en el libro.

—¿Cómo saber lo que nos trae el destino?

Cuando terminó la pieza, Jorge la iba a acompañar a su asiento, pero ella lo contuvo.

—¿Me invitas una gaseosa? —le dijo— lo mandé a mi amigo a que me traiga una y no ha regresado —agregó.

Lo cual era mentira, porque casi desde que empezaron a bailar, Florentino regresó con la gaseosa y no dejó de mirarlos todo el tiempo con rabia mal contenida. Jorge pensó que quería librarse de él como lo había hecho con el otro. Estaba jugando con los muchachos, porque podía, porque nadie en su sano juicio se resistiría.

—Vamos a la cantina para no perdernos la pieza que sigue —le dijo entonces Jorge.

La propuesta era arriesgada porque era costumbre que las damas no se acerquen a la cantina, donde se amontonaban los bebedores de cerveza. No le hubiera extrañado que se niegue, pero para su sorpresa, se cogió de su brazo y casi lo empujó en la dirección de la cantina, entonces Jorge entendió que lo estaba cambiando por Florentino.

Los movimientos de la pareja fueron bastante rápidos, lo que impidió que Florentino se acerque con la gaseosa que había tenido en su mano durante todo el tiempo. Jorge vio como el muchacho empezaba a moverse en la dirección de Julieta, que le daba la espalda. Cuando la joven se alejó asida del brazo de Jorge, Florentino se sintió avergonzado y se fue a una esquina, lo que también era inédito, porque el tipo, según tenía entendido Jorge, no conocía la vergüenza y le gustaba armar camorra en cualquier lugar.

Mientras Jorge trataba de conseguir una gaseosa a gritos para que el despachador lo escuche, Julieta no le soltó la mano, ni miró hacia donde podría estar Florentino. No le dio ninguna oportunidad. Lo rotundo del rechazo, hizo tal vez, que Florentino entre en una especie de apatía que le impidió todo tipo de reacción, lo cual le resultó beneficioso a Jorge.

Consiguieron la gaseosa cuando ya empezaba otra pieza de baile, esta vez una cumbia. La costumbre de bailar esta música era empezar cogida la pareja como si fueran a bailar un vals y luego de medio minuto más o menos se separaban con un giro de la dama, mientras el varón le tomaba una mano; cuando llegaron a este punto, Julieta no dejó que se separen y bailaron toda la canción cogidos, él tomándole el talle y ella posando su mano en el hombro del muchacho. A diferencia de ellos, todas las demás parejas bailaban separadas. Este hecho hizo que todos repararan en la pareja y especialmente en ella a la que nadie conocía; y que ya había sido motivo de comentarios por su inusual belleza.

A Florentino se le estaba pasando la impresión inicial de la manera como la dama lo apartó de su camino. Nada podía reclamar, porque ni sabía quién era, y ni podía descartar la posibilidad de que Jorge y ella ya se conocieran de antes. Sin embargo, las burlas de sus amigos lo iban encolerizando poco a poco; y esto mezclado con el acelerado consumo de licor, no presagiaban nada bueno. Uno de los del grupo le fue a advertir al hermano de Jorge, tal vez con la esperanza de que este podía interceder para que deje de sacar a bailar a la joven. Aunque hacía rato que su hermano ya no se divertía, ni bailaba, por estar de escudo del hermano menor, sin perder de vista a Florentino y su manchita; lo acompañaba en la vigilancia un primo que tenía fama de pegar muy fuerte, aunque era de talante pacífico, no se sabe si Walter, como se llamaba el hermano de Jorge, le había hablado sobre la posibilidad de alguna gresca, pero lo cierto es que se mantenían juntos conversando mientas bebían una cerveza. El amigo, o enviado de Florentino le dijo:

—Don Walter, Florentino dice que no tiene ningún resentimiento, pero ha sido avergonzado y la única manera de que todo se olvide es que le devuelva a la chica.

—¿Y por qué me lo dices a mí? —contestó Walter separándose un poco y poniéndose en guardia.

—No pues, no me conteste así. Usted conoce al Florentino. Solo sáquelo a su hermano del baile un rato.

—¿Cree Florentino, que eso basta? ¿No ves que la muchacha no lo suelta?

—Por eso, si él sale ya no hay problema.

—Mira, compadrito, dile a tu hermano que aprenda a perder.

—¿Quién perdió? —dijo Santiago, un hombre mayor, que se acababa de unir al grupo.

—Nada tío —le dijo Walter— no te metas.

—Pero no puede venir tu hermano y abusar así.

—Mira, tío «zorro», yo te respeto mucho, porque eres familia de mi madre, aunque lejano, pero familia, por eso te digo, en serio: no te metas.

—Está bien, pero no me digas después que no te avisé —dijo, y mirando al mensajero de Florentino, que seguía ahí:

—Tú vete y dile que no moleste.

El tío se retiró y Rómulo el primo que ha estado desde hace un rato con Walter y que solo se había limitado a observar dijo:

—Lo controlaste bien al «zorro» porque este es un pesado.

—Sí, desde que lo llamo tío, se mide conmigo —contestó Walter satisfecho.

En ese ambiente pasó como una hora y cuando la fiesta estaba en pleno apogeo, Julieta le anunció a Jorge que se retiraba.

—¿En qué te vas? —preguntó Jorge, creyendo que no era del pueblo.

—Caminando —contestó ella sonriendo coquetamente.

—¿Dónde vives?

—Pasando la quebrada, en el pueblo que está al frente.

Jorge no conocía muy bien a todas las casas que había por ese lado, así que solo atinó a decir:

—No está cerca, ¿te vas caminando?

—Claro, estoy acostumbrada.

—Te llevo en la moto.

—No, gracias, no me parece seguro, después de las cervezas que te has tomado.

En realidad, Jorge no había bebido, pero no la refutó, la caminata con la joven era más atrayente que el viaje en motocicleta.

—Entonces, te acompaño —dijo decidido y ya solo pensaba en el camino oscuro y solos en la noche.

Como ese baile lo terminaron cerca de la puerta, aprovechó la joven para sacarlo del local.

—Le avisaré a mi hermano —le dijo Jorge.

Ella lo sujetó fuerte del brazo y le dijo, riéndose:

—¿Me tienes miedo?

—¡Claro que no!

No pensó más y siguió caminando como sonámbulo.

Cuando su hermano se percató de su ausencia, comenzó a buscarlo por todos lados, primero dentro del local. Observó que Florentino y sus amigos seguían en su sitio. Con Rómulo se dividieron la búsqueda dentro del local y se volvieron reunir cerca a la puerta sin resultado. Abandonó el local y preguntando, la dueña de un tambo le dijo:

—¿Tú hermano? Por ahí se acaba de ir bien acompañado.

—¿Hacia dónde?

—Por ese camino, hacia la quebrada.

Mientras tanto, Jorge llevaba tomada por la cintura a la chica y ella le pasaba el brazo sobre el hombro, cada cierto momento trataba de besarla y ella lo apartaba con la mano libre.

—¿Por qué no me dejas que te bese? —le decía Jorge.

—Es que todavía no somos novios —contestaba ella.

—Pero lo podemos ser —Insistía el muchacho.

—Claro. Cuando nos conozcamos más.

—Entonces empecemos: mi nombre es Jorge Gómez.

—No te apresures en querer vivirlo todo en solo un día. Deja algo para mañana. Para el futuro.

—El futuro no se sabe si existirá.

—¿El futuro no existe? Entonces háblame del pasado y cuéntame de tu vida.

—Bueno, al menos ya sabes mi nombre, mientras que tú no me has dicho el tuyo.

—¿Ya ves? ¡No me conoces! —decía ella riéndose— además ya hemos llegado —señaló una casa antigua, sobre un promontorio, a la que se accedía a través de una larga pendiente.

—¿Ahí vives?, esa es la casa de don Rufino —dijo extrañado Jorge.

—¿Qué importa de quién sea? Lo que importa es que hoy esa casa es mi refugio.

—¿Me puedo quedar un rato? —dijo el muchacho queriendo retrasar la despedida.

—No. Si quieres verme, tendrás que venir mañana. Y para asegurarme, de que vendrás, déjame algo de tu propiedad, para que yo te lo devuelva mañana.

—¿Algo de mi propiedad? —dijo Jorge a quien le parecía extraño el rumbo que tomaba la conversación,

—Si, algo importante.

—¿Cómo qué? ¿Mi billetera, tal vez?

—Sí, si tu billetera es lo más importante para ti —dijo la joven, haciendo que Jorge se sienta como un tonto.

—No quise decir que el dinero es lo más importante para mí, si no las otras cosas que contiene la billetera.

—¿Cuáles cosas?

—Mis documentos, no sé, mi *carnet* universitario.

—Entonces está bien. Déjame tu *carnet* universitario.

Jorge tomó su billetera y extrajo su carné universitario y su documento de identidad.

—También puede ser mi libreta electoral —dijo Jorge, mostrándole los dos documentos.

—Qué sean los dos —dijo Julieta y se los arranchó.

—Me habías dicho uno.

—Sí, pero si vienes por uno, también puedes venir por dos —la joven otra vez parecía estar jugando.

—¿Y tú no me das nada? ¿Cómo saber si esta noche te fugas con mis documentos?

—Yo no tengo documentos, créeme, pero te dejo este arete, tiene valor sentimental para mí.

—Bueno, si es valioso para ti, está bien.

—Entonces, tómalo y cuídalo; y ahora tendrás que correr para que no te alcancen.

—¿No me alcancen? ¿Quién?

—Florentino y su grupo.

Se había olvidado de Florentino y sí era muy probable que los hayan seguido y él estaba solo. Pensaba esto cuando, el ruido de una moto que se acercaba rápidamente lo distrajo.

—Oye que te desapareciste sin avisar —le dijo su hermano— ¿Y la chica dónde está?

Jorge se volteó y Julieta ya no estaba.

—Aquí estaba, se habrá asustado y se ha ido corriendo a su casa.

—¿Cuál casa?

—Esa, pues — dijo el muchacho señalando a la casa vieja.

—Ahí, hace años que no vive nadie.

—¿Estás seguro?

—Te ha tomado el pelo. Vamos, sube.

Retornaron al pueblo, pero ya no fueron al baile, decidieron regresar a su casa.

—¿Cómo que en esa casa nadie vive? —preguntó cuando ya entraban al dormitorio—, ¿no vivía ahí don Rufino?

—Claro, con doña Lila, su mujer. Don Rufino falleció primero y poco tiempo después su mujer y desde entonces nadie la ocupa.

—¿Y no tenía familia?

—Sí, pero viven en otro lugar, creo que en Chimbote. Vinieron para el entierro, vendieron lo que pudieron y la casa nadie la quiso comprar.

—¿Entonces, me mintió? ¿Y si es su nieta o algo así y por eso es una desconocida?

—Si quieres, y para que te saques el clavo, vamos mañana a la casa, si es cierto la encontraremos ahí y si ya se ha ido algún indicio habrá.

—Tenemos que encontrarla, porque tiene mis documentos.

—¿Que te tiene qué? —dijo Walter sin entender bien.

—Que tiene mis documentos. Se los di porque me los pidió para asegurarse de que vaya a verla. Ella me dio un arete.

—Vaya, cosa rara. Algo misteriosa. Mañana temprano nos vamos a visitar esa casa. Además, ya me entró curiosidad.

—Hecho —dijo Jorge.

Se durmieron rápidamente, en el mismo cuarto. En la madrugada, a Walter lo despertaron unos quejidos, que al prestar atención descubrió que los hacía Jorge. Se levantó y lo movió para despertarlo.

—¡Pucha! He tenido una pesadilla —dijo Jorge al despertarse.

—Eso me pareció, por eso te he despertado. ¿De qué se trataba?

—¿La pesadilla? ¡pucha que me olvidé!

—¿Cómo te vas a olvidad si acaba de pasar? —le dijo Walter incrédulo—. Pero si te acuerdas de que has tenido pesadillas al menos.

—Sí. Como si me moría aplastado, sin poder respirar, no recuerdo más.

—Muy raro, hermanito, la muchacha de la fiesta te ha dejado trastornado. Ahora, intenta dormir para ir mañana, o más tarde en realidad, a ver esa casa.

Luego del desayuno, como a las ocho de la mañana, se fueron a ver la casa vieja. La puerta estaba abierta, eso podría significar que efectivamente había gente adentro, pero al acercarse, vieron huellas de cabras y hasta una que salía en ese instante.

—¡Hola!

—¡Buenos días!

Se acercaron hasta la puerta de madera y con los nudillos empezaron a tocar.

—¡Hola! ¿Hay alguien?

Al ver que nadie contestaba, siguieron entrando. En la sala había una mesa y algunas sillas viejas y empolvadas. Se asomaron a lo que parecía un dormitorio donde había una tarima con un colchón enrollado.

Jorge se sobresaltó.

—¡Puñalada! —exclamó y se puso pálido.

—¿Qué cosa? —preguntó su hermano.

—Mira ese cuadro.

Colgado de la pared había un cuadro con la fotografía de una joven, en la parte inferior y también pegada a la pared, una repisa con una vela *misionera* apagada y a medio consumir; y llena de polvo. Al costado de la vela una libreta electoral, que a diferencia del conjunto no mostraba huellas de polvo.

—¡Pero si es ella! —exclamó Walter, mirando la fotografía y tomando al mismo tiempo el documento.

Extendió la libreta de «tres cuerpos»

—¡Carajo! Es tu libreta.

Jorge se la quitó de las manos.

—¡Es mi libreta!

—Esto está raro, ¿no?

—Rarísimo. Mira la fotografía parece antigua, pero es igual a Julieta.

—¿A quién?

—A la muchacha de anoche.

—¿Julieta se llama?

—No lo sé. Nunca me dijo su nombre, o ese era, no lo sé. La verdad que a estas alturas ya no sé ni qué pensar. Además, mi libreta no fue lo único que le di.

—¿No? ¿Qué más le diste?

—Mi *carnet* universitario.

—Entonces, hay que buscarlo, debe estar por aquí.

Buscaron debajo de la cama, en la repisa, en la sala y no encontraron nada.

—Aquí no hay nada —dijo resignado Walter— se lo habrá llevado con ella —agregó.

—Pero ¿a dónde?

—Yo creo, que la clave está en la fotografía. Podría ser su mamá, hija de doña Lila, aunque yo no la recuerdo. Yo solo he sabido que tuvo dos hijas y yo las conozco a las dos y ninguna se parece a la que está en la foto.

—Pero es igualita. Yo diría que es ella, si la foto no se viera tan antigua.

—Creo que debemos llevarnos el cuadro para preguntarle a mamá, tal vez ella la recuerde si es que la ha conocido.

Se llevaron el cuadro para enseñárselo a la madre.

—¿Dónde lo han encontrado?

—En la casa de don Rufino —contestó Walter—, queremos saber quién es —agregó.

La mamá dijo era la primera hija que tuvo doña Lila, pero no con don Rufino.

—¿Y dónde vive ahora? —se volvió a interesar Jorge.

—Ya no vive. Murió en un accidente de tránsito cuando venía de regreso de la ciudad, desde entonces doña Lila ha mantenido esta foto, ahora lo recuerdo, con una vela encendida siempre.

Los hermanos se miraron intrigados.

—¿Y no sabes si tuvo una hija?

—No que yo sepa. Murió muy joven. ¿Por qué? ¿Qué ha pasado? —preguntó inquieta la madre.

Le contaron a grandes rasgos lo sucedido.

—Hay una historia sobre esto. Dicen que esa chica es su fantasma. No sé si es cierto o falso, pero creo que deberían hacerle una misa; y en su tumba entierren con ella esta foto.

—¿Y dónde está su tumba? —preguntó Jorge.

—En el cementerio de Cañaveral —contestó la madre.

—¿Por qué parte, más o menos? —preguntó Walter.

—Es fácil de ubicarla porque está al costado de la tumba familiar, la grande.

—¿Dónde está sepultado mi papá? —preguntó Jorge.

—Sí y es muy notoria. Está recubierta de cemento y en vez de cruz tiene una lápida y en ella una fotografía, muy parecida a esta.

—¿Nos vamos? —dijo Walter, mirando a su hermano. Y este que estaba esperando la invitación aceptó inmediatamente.

En el cementerio, efectivamente no fue difícil ubicar la tumba. Se veía que hacía mucho tiempo que nadie la limpiaba. Ahí estaba la lápida, protegida por una reja de fierro.

—Mira en la lápida —dijo Walter.

—La foto es la misma —contestó Jorge.

—Mira más abajo, en la esquina izquierda.

—¡Mierda!

El carné de Jorge estaba medio oculto detrás de la rejita que protegía a la lápida. Jorge lo retiró y comprobó que sí era su carné.

—¿No sientes un poquito de miedo? —dijo Walter.

—¿Poquito? Estoy que me orino de miedo, menos mal que es de día si no, creo, que ya me hubiera desmayado. ¡Ahora que me acuerdo! Tengo su arete.

—Déjaselo.

Y lo dejó en el mismo sitio donde encontró su documento y al acercarse a la lápida reparó en otro detalle.

—Mira esto —le dijo a Walter.

—¿Qué cosa?

—Fíjate en el día que falleció.

—¡Carajo! Pero si es el día que naciste.

—Debe ser por eso que me escogió.

—¿Y qué hacemos con la foto? —dijo Walter que se había olvidado de la fotografía a pesar de haberla tenido todo el tiempo en la mano.

—Ah, la foto, ¿cómo la enterramos si el suelo está cubierto de cemento?

—Yo creo que ahí, en la espalda de la tumba. Pero no hemos traído con que escarbar, creo que la dejamos dentro de la reja y el día que venimos a hacerle un responso, le echamos agua bendita y la enterramos.

Los hermanos le hicieron celebrar una misa en el pueblo y un rezo en el cementerio, en la tumba, a la que limpiaron y pintaron como para una fiesta.

Mucha gente asistió a la misa y al cementerio, aunque ellos no le habían contado a nadie.

NUEVE

LA CASA DE DOÑA GRISELDA

Doña Griselda, construyó su casa en la parte más alta y alejada en el pueblo fundado por su hermano. No tuvo hijos ni se casó jamás, pero fue dueña de una pequeña fortuna.

La casa era grande y de techo muy alto. Tenía piso de tierra y cuando quedó abandonada, al fallecer la dueña, se corrió la novedad de que en ella penaban.

En el pueblo había un muchacho, que no le temía a nada, incluidos los fantasmas. En el grupo de los habituales contertulianos en las noches en el frontis de la iglesia, antes de que se construyera el parque con bancas que nadie usa, pensaron que sería buena idea someterlo a una prueba con su respectiva apuesta.

—Yo no tengo dinero para apostar —dijo Ricardo, que así se llamaba el muchacho sin miedo.

—No hay problema con eso —se adelantó a decir Luis Arturo, el muchacho rico del grupo.

—¿Y yo qué gano? —replicó Ricardo.

—Este ya arrugó —dijo Esteban

—¿Yo?, piensas que soy como tú —replicó Ricardo—, a ver, por qué no vas tú.

—Yo no he dicho que no tengo miedo, mientras tú ya nos tienen tontos con que no conoces el miedo —le contestó Esteban.

—Ricardo el sin miedo —dijo Pedro que había estado callado.

—Metió su cuchara el mudo —dijo Ricardo, que se sentía acorralado.

—Te doy la mitad de la apuesta —interrumpió Luis Arturo.

—¿Qué?

—Que te doy la mitad, si le gano veinte soles a estos pelados, te doy diez y yo me quedo con diez —le explicó Luis Arturo a Ricardo.

—Así, sí. Pero estos de dónde van a sacar diez cada uno.

—Tú no te preocupes. Solamente anda y demuéstranos que no tienes miedo —le respondió Esteban.

—¿Y cómo hago eso?

—Entrando a la casa a las doce de la noche.

—Eso es papayita.

—¿Y cómo vamos a saber que entra a la casa, lo vamos a acompañar? —dijo Esteban.

—Acompañado, cualquiera — dijo «el mudo».

—No pues *cuñao*, nosotros no lo vamos a acompañar —volvió a intervenir Esteban.

—Claro que no lo vamos a acompañar. Esperaremos por la casa de don Estanislao — dijo Luis Arturo.

—Desde ahí no lo vamos a ver si entra — dijo Pedro.

—Y ¡Qué! ¿Piensas que te voy a engañar? — contestó fastidiado Ricardo.

—Para que no haya dudas tenemos que verte entrar. Creo que podrías llevarte una lámpara, así te vemos si llegas —entró a terciar Luis Arturo.

—¿Y si llega a la puerta, apaga la luz y se regresa? —insiste Pedro

—¡Crees que soy como tú! —responde Ricardo ya muy molesto

—Esperen, ya tengo la solución —dijo Esteban.

—Mientras ustedes piensan, yo ya regreso — dijo Ricardo y salió corriendo en dirección a su casa.

—¡Oye, a dónde vas! —le gritó Luis Arturo— este zonzo ya no regresa. Ustedes tienen la culpa por estar molestándolo.

—¡Miedoso! —les gritó Pedro a las sombras, porque ya Ricardo no escuchaba.

—¡Pucha! Ya me veía ganándoles a estos guangos —dijo Luis Arturo haciendo un puchero.

—Pero ya perdiste. La apuesta era si iba o no iba y no ha ido, entonces perdiste —dijo Esteban.

—¡No seas vivo! —dijo Luis Arturo.

—¡Ahí viene! —dijo Pedro.

Ahí venía Ricardo con un poncho y un sombrero.

—Oye, ¿qué es eso? —lo interrogó Luis Arturo.

—Ah, es un disfraz para engañar al muerto.

—¡Anda panzudo! Que ya no sabes que inventar —dijo Pedro.

—Este Pedro ya está consiguiendo que me moleste y yo no respondo.

—¡Otra vez! ¿Es que no se pueden quedar tranquilos? Mejor que Esteban nos explique lo que había pensado —habló Luis Arturo.

—Ya. No lleva lámpara, nada. Lleva en cambio una piedra que usará como martillo para clavar una estaca en uno de los cuartos. Cuando Ricardo regrese nos vamos los cuatro a verla.

—¿Los cuatro a la casa? Ni de a vainas —dijo Pedro.

—No, ni de a vainas —coincidió Luis Arturo.

—Son unos mariquitas —dijo Esteban.

—Te vas tú esteban, con Ricardo; y nos avisas si ha cumplido.

—¿Los dos, nomás? No, mijito. Los cuatro o nadie.

—¡Ya sé! —dijo Luis Arturo— Como ha dicho Esteban se va Ricardo y clava la estaca y mañana nos vamos los cuatro, de día, a mirar si está ahí clavada.

—¿Y dónde vas a conseguir una estaca a estas horas? —dijo Pedro.

—¡Ya sé!— vuelve a decir Luis Arturo, ¡que clave una estaca especial!

—¿Estaca Especial? —dijeron todos.

—Sí, especial. —dijo Luis Arturo satisfecho del nombre que se le había ocurrido

—¿Y dónde vamos a conseguir esa? —dijo Pedro.

—En mi casa. Mi papá tiene un cajón de herramientas. Conseguiré una comba chiquita y una punta de fierro.

—Está bien, pero no nos vayas a hacer trampa, dejando las cosas por ahí sin haber entrado a la casa y luego en la mañana te vas a clavar.

—Ya pues, todo no puede ser desconfianza —dijo Luis Arturo.

—Porque te conviene —dijo Pedro

—¿Bueno, quieren o no? —dijo Luis Arturo lanzando una especie de ultimátum.

—Está bien —dijo Pedro.

—No está bien —dijo Esteban.

—¡Otra vez, volvemos a lo mismo! ¡Mejor ya no hacemos nada! —explotó Luis Arturo.

—Busquemos a los Lorenzos, para ir ahora mismo a ver si este cumple con clavar la estaca —dijo Esteban, sin hacer caso a la rabieta de Luis Arturo.

—Ah, bueno, seis ya estaría bien para entrar a esa casa —dijo Pedro.

—¿Qué dices Luis Arturo? —dijo Esteban.

—Está bien, pero tú los vas a buscar a los Lorenzos.

—Entonces ya regreso.

Esteban se fue a buscar a Sebastián y a Carlos, los hijos de don Lorenzo.

—El padre de los … de Sebastián y Carlos, dice que no se demoren —dijo Esteban, llegando con «los Lorenzos»

—Entonces no va a poder ser a las doce de la noche —dijo Luis Arturo.

—¿Y ahora? —dice Esteban, arrastrando los pies sobre la tierra.

—¿Tú irías solo ahorita a la casa abandonada?

—¿Yo? Nica.

—¿Y tú Pedro?

—Estaría loco.

—Ahí lo tienen, nadie de nosotros entraría a la casa abandonada ahorita. Solo Ricardo. Esa es la apuesta. ¿De acuerdo?

—De acuerdo.

—Entonces don Ricardo, andando —dijo Luis Arturo—. Pasamos por mi casa para sacar la punta y la comba —agregó

Ricardo metido dentro de su poncho y ensombrerado, se dirigió a la casa de doña Griselda, los muchachos lo acompañaron un poco y luego vieron cómo se perdía en medio de *overales* y *borracheras*, reapareciendo arriba en la pampa de la casa.

—Ya llegó el bandido —dijo Pedro.

Esperaron un rato hasta que otra vez Pedro anunció de que ya regresaba Ricardo.

—Viene apurado—dijo el mismo Pedro.

—¿Y el poncho? —observó Esteban, cuando Ricardo llegó hasta donde estaba el grupo.

—¡Me lo quitó el muerto! —contestó jadeante Ricardo y visiblemente asustado.

—¿Qué muerto? —dijo Pedro.

—¡El muerto!, ¡el fantasma! ¿de qué estamos hablando? Todo por hacerles caso casi me muero del susto.

—¿Viste al fantasma? —interrogó Luis Arturo.

—Los fantasmas, no se ven, zonzo.

—Entonces habla claro. ¡¿Qué has visto?! —le gritó Luis Arturo.

—Es que no me dejan hablar, gritan como urracas. La cosa fue así: Entré empujando fuerte la puerta, parece que le habían puesto tranca por dentro, pero al final se abrió de par en par y entré. Entrando a la mano derecha vi un cuarto y como ustedes dijeron, me metí y clavé la estaca y cuando me estaba parando para venirme, me jalaron y casi me caigo, estuve forcejeando con la cosa, el fantasma, no sé. Como no me soltaba me saqué el poncho y me vine corriendo, eso es lo que pasó. Ahora mis diez soles.

—Se los ha ganado —dijo Luis Arturo
Los demás asintieron.

—¿Y cómo hacemos? ¿Vamos a entrar? —dijo Pedro.

—¿Ahorita? ¿Alguien quiere entrar? —preguntó Luis Felipe.

—¡No! —gritaron todos.
Esa noche los cuatros tuvieron sueños oscuros con fantasmas, lo que no evitó que se

levanten a las seis de la mañana, causando extrañeza en sus casas porque estaban de vacaciones y no se levantaban antes de las siete, salvo cuando por alguna razón tenían que ir a la chacra temprano.

Se reunieron los amigos en la casa de Ricardo y se fueron a la abandonada. También llegaron Los Lorenzos. Encontraron, efectivamente la puerta de dos hojas abierta. Con cuidado entraron a la sala y al cuarto de la derecha. Ahí estaba la comba en el suelo y el poncho. No se veía la estaca.

Pedro cogió el poncho y dijo:

—Todavía lo tiene el fantasma ja, ja. Miren.

El poncho estaba atravesado por la estaca y clavado al suelo.

—Ja, ja, ese es tu fantasma, Ricardo.

DIEZ

EL HUACHUMERO

En un verano, de vuelta a mi pueblo de vacaciones, me hice ayudante, o chulillo, en un ómnibus de mi hermano que hacía servicio de la ciudad hasta los pueblos al sur Zorritos. Fue para mí una época diferente, conocí a mucha gente y mucha gente me conoció a mí. Hasta antes de esto, mi refugio era la chacra de mi madre donde pasaba casi todo el día, podando los naranjos o deschantando plantas de plátano. Cuando estaba en casa, leía un libro o historietas. La afición por las historietas me venía de mis años en el colegio donde estuve interno, y gracias al intercambio, me bastaba comprar una, para leer veinte, o más, generalmente al medio día, cuando los otros jugaban fulbito; había abandonado mi afición a jugar fútbol a pesar de que había sido un jugador bastante hábil durante mi primaria. Creo que me he extendido demasiado en otra dirección de lo que quería contar, pero es que me ha ganado la emoción de revivir aquellos tiempos. Vuelvo a donde iba, la actividad desempeñada ese verano, me hizo más sociable y conocido entre mis paisanos. En esa época yo estaba estudiaba en la universidad y creía que todo se explicaba por la ciencia. Trataba de entender cómo era aquello del «ojeo», o del «chucaque», o la luna para sembrar. Pero mi estirpe campesina era más profunda que mi nueva racionalidad, así, las penas, los fantasmas no podían existir, pero sentía un miedo que no podía evitar; por ejemplo, se me hacía muy difícil pasar, sin temor, por algún lugar famoso por apariciones de fantasmas, me sobreponía, es cierto, pero no dejaba de tener miedo. Me parecía imposible la brujería, eso de hacer «daño», a la distancia, sin contacto, solo con fotografías o prendas de vestir de la víctima. Me oponía a creer que fuera posible, pero evitaría enemistarme con un brujo y prefería no referirme a él jamás. ¿Otra vez, me aparto?, no tanto en realidad porque mi historia está relacionada. Resulta que uno de los clientes de mi hermano era precisamente un «huachumero» famoso en la zona y en otras comarcas; y según decían, muy acertado, con gran clientela, que sería la envidia del doctor Rodríguez, el médico más requerido y famoso del departamento. Mi hermano, se había convertido en una suerte de transporte oficial de los clientes de don Ramón, como se llamaba al curandero. Los pacientes venían de lugares lejanos porque decían que también curaba enfermedades difíciles. Su «consultorio» quedaba apartado de la carretera dentro de los linderos de una chacra, donde había construido una capilla, y un salón para sus ceremonias conocidas como mesas o mesadas. También su vivienda estaba ahí. Casi todos los días teníamos que entrar para dejar o recoger pasajeros, especialmente los martes y viernes que eran días de mesada. Ramón, el huachumero, o brujo, sobrenombres que no le gustaban y prefería al honorífico de «maestro», tenía dos hijas y un hijo. La mayor, Victoria, estudiante de biología en la universidad a quién yo entregaba casi a diario paquetes que le remitía casi siempre la misma persona; lotes de yerbas traídas de la selva o de la sierra piurana. A fuerza de nuestra relación comercial, empecé a entablar cierta amistad con ella. Cuando mi hermano tenía que hacer servicio expreso para don Ramón, teníamos que esperar mucho tiempo afuera de la propiedad, lo que al comienzo resultaba muy aburrido, si no fuera porque siempre cargaba un librito en edición de bolsillo para leer; hasta que las conversaciones con Victoria anularon mi tiempo libre, que don Ramón llegó a pensar que teníamos algún romance, según mi hermano, lo que utilizaba para molestarme.

Mi hermano tampoco creía en la brujería, pero le seguía la corriente a don Ramón, que no tenía un pelo de tonto y no le permitía participar de las mesadas; y si en algún momento lo hacía, previamente tenía que beber su porción de sampedro, una bebida obtenida de un cactus del mismo nombre y que era alucinógeno, pero a la porción de mi hermano creo que le agregaba algún tipo de somnífero porque terminaba dormido profundamente y roncando que daba gusto, sobre los ronquidos, la primera vez cometió don Ramón el error de dejarlo estar en el salón de las mesadas, pero debido a los ronquidos tuvo que cambiar de lugar para no retirarlo cargado porque podría asustar a los clientes; en lo sucesivo lo instalaban lejos del lugar, en otra habitación para que «descanse»; aunque sí le permitió asistir a algunas, a las que él consideró según algún tipo de criterio, que él solo sabía. Yo también quise asistir a una de estas sesiones y se lo hice saber a Victoria.

—¿Tú crees que tu papá me dejaría entrar a una mesa? —le pregunté una tarde, en que teníamos que esperar a unos clientes hasta que termine la ceremonia.

—¿Estás enfermo? —me contestó.

—No. Pero me parece un fenómeno muy interesante.

—¿Quieres observar un «fenómeno» en estas personas que se sienten enfermas y que buscan desesperadamente una solución a sus problemas?

Me hizo parecer como un insensible. Siempre hacía eso, y por lo mismo me atraía tanto hablar con ella.

—No es eso. Quiero ver dónde está la clave. Por qué la gente dice cosas imposibles. Los pacientes que trasladamos están absolutamente seguros de haber visto salir ratones, cuyes, alacranes y cualquier cosa de las personas enfermas y que supuestamente les han hecho «daño» ¿Cómo puede ser posible?

—Podemos creer en serio ¿qué alguien tiene un ratón circulándole por el estómago? —me lo dijo arrastrando las palabras.

—No lo sé. Dímelo tú —le dije incómodo.

Sentí me estaba haciendo ver como un tonto.

—¿Crees que todo se puede explicar como dos más dos es cuatro?

—Mi pregunta fue muy simple, si crees que tu papá me deje asistir a una mesa. Quiero ver

¿cómo él es capaz de sacar ratones del estómago de la gente?

—Exactamente, y ¿no te parece que hay algo de maldad en tu pregunta?

—¿Por qué piensas eso?

—Porque supones que mi padre hace trampa, ¿no es así?

—Yo creí que me darías una explicación de lo que dicen que ven, incluido tu padre.

—Mi padre, está convencido de lo que ve. Nunca me ha dicho lo contrario. Le he preguntado directamente y siempre ha contestado que él está seguro de lo que ve.

—Será por efecto de la droga contenida en el «sampedro».

—Sí, tú lo dices.

—¿Y nunca ha hecho una «mesa» sin sampedro?

—No. Eso es imposible.

—¿Y tú, sin consumir sampedro, has visto algo alguna vez?

—Yo no consumo sampedro, ¿vas a empezar, otra vez?

—Mi pregunta iba en el buen sentido. Estás muy quisquillosa.

—No. Yo no he visto nunca nada. Yo no participo de los rituales de sanación.

—Rituales de sanación se llaman a las mesas.

—Te quiero aclarar otra cosa —lo dijo muy seria, que yo pensé que nuestra amistad estaba llegando a su fin—, existe muchas formas de curar, como por ejemplo la fitoterapia.

—Es verdad, aunque algunos sostienen que eso no es cierto.

—Es que hay también mucha charlatanería alrededor de eso.

—Cosa que no hace tu padre, por supuesto.

—La cuestión es que sí cura. Yo he visto curar a personas, si no son las plantas debe ser la sugestión o algo parecido.

—Mira, a estas alturas nadie niega que la dieta es importante para la salud, que hay alimentos que generan cierto tipo de enfermedades, entonces, por qué no pensar que hay alimentos, y en este caso plantas, que las evitan.

—Una cosa es evitar o prevenir y otra cosa curar, revertir.

—¿Cómo saber si la prevención no es una sanación?

—Solamente quería que me hagas entrar a una mesa, quiero experimentar. Solo una vez. Intercede con tu padre y me someteré disciplinadamente a todo el ritual. No puedo fingir estar enfermo para que me dé acceso y si no estoy enfermo, no me dejará entrar ¿es así?

—Los has descrito bien, esos ritos son para las personas que lo necesitan y que se entreguen al ritual, si mi padre detecta que hay alguien que finge, lo retira o no continúa, tú sabes eso.

—Ya te dije que me someto a todo lo que mande el ritual.

—Preferiría que no lo hicieras, no se sabe con qué fuerzas nos estamos enfrentando.

—¿Una especie de fuerzas ocultas? ¿en verdad crees en eso?

—¡No lo sé! Y ese es mi problema. Yo creo en la honestidad de mi padre y al mismo tiempo hay cosas que me parecen imposibles.

—Está bien, ya no molesto más.

—Te conseguiré que participes en una mesa, hablaré con mi padre y será en la que él diga, pero le explicaré que vas por curiosidad, no puedo mentirle.

Una semana después estaba mezclado con los participantes en la mesa de esa noche. Media hora antes sentados como para participar en una clase, recibimos unos vasos como de medio litro, conteniendo una especie de jugo verde, era el sampedro; un ayudante de don Ramón vigilaba que todos lo consumiéramos hasta el fondo, si advertía que alguien no lo hacía tendría que abandonar el lugar. Me bebí todo el contenido, luego pasaron un plato conteniendo un líquido como agua, sobre el que teníamos que aspirar con la nariz, lo que llamaban «singar» o algo así. Pasado un momento apareció el «Maestro Ramón» con un palo en la mano izquierda, como un bastón delgado de color negruzco que le llamaban «chonta», en la mano derecha una jarra de aluminio con algún líquido con el que llenaba su boca y luego escupía como pulverizando sobre la chonta; después de unas diez veces de esto, llamó a rezar un padrenuestro y un ave maría y encomendándose a la voluntad sanadora de Dios. Llamó al primer paciente, repitió el rito del brebaje y la chonta, pero ahora escupía directamente sobre la persona girando a su alrededor, mientras iba enumerando la enfermedad que lo atormentaba y que era debido al daño que un enemigo le había hecho, esbozaba algunas características del dañador, en las cuales entraba perfectamente la mitad de la población del país. Luego llamaba a la calma, a no preocuparse, porque él, aquí y ahora, iba hacer que el daño despareciera, que una alimaña lo atormentaba y que en estos momentos iba a ser expulsada, que pongan mucha atención. Mientras iba diciendo esto aumentaba el volumen de su voz con cada nueva frase y agitaba la chonta y escupía sobre la persona y ¡ahí está! ¡Véanla!, ¡véanla!; y la gente veía como salía corriendo un ratón del estómago de la persona y no había nadie cerca, como para decir que lo han puesto ahí y el maestro tenía las manos ocupadas; yo también vi al ratón.

Victoria, me estaba esperando que saliera, que no fue de inmediato. Nos hicieron descansar un poco más y luego nos sirvieron un caldo de gallina, que me pareció el más delicioso que había tomado en mi vida.

—¿Quieres un poco más? —me dijo, dándome un jarro de hierro enlozado con más caldo. Victoria había abandonado su habitual distanciamiento de los rituales de su padre.

—Muchas gracias, está delicioso.

—¿Y dime, que te pareció? ¿Valió la pena?

—Es lo más extraño que he vivido —le dije.

—Es que has vivido poco —me contestó con tono burlón.

—No te burles que aún estoy aturdido.

—¿Lograste ver al ratón? —me dijo; y sentí que estaba jugando conmigo, pero qué bien me caía un poco de racionalidad en ese momento y viniendo de la persona menos indicada.

—Me avergüenza decirlo, pero sí, lo vi —le contesté ya completamente desarmado.

—¿Por qué avergonzarse si se dice la verdad?

—Pero es que no es posible —repliqué

—Te invito a que leas un poco sobre la mezcalina —dijo con tono enigmático.

—¿Mezcalina?

—Sí, pero ya descansa, ahí hay una hamaca ¿o prefieres una cama?

—La hamaca está bien.

Esa fue la última vez que vi a Victoria, nuestras vacaciones se habían acabado y por diferentes situaciones no llegamos a coincidir para despedirnos.

No les he contado como era Victoria, porque lo verdaderamente valioso estaba en sus pensamientos, ella no era bonita para mi gusto, pero sí muy agradable en su trato y en su manera de hablar. Relativamente baja de estatura se burlaba a veces de la mía, diciéndome que mi futuro estaba asegurado cambiando focos del alumbrado público sin escalera y no era porque yo fuera alto sino porque ella era pequeña. Se vestía con sobriedad, muy recatadamente diría yo y tenía un pelo negro como la noche, al igual que los ojos, una sonrisa muy agradable y serena actitud.

Dije que no la volví a ver, porque no volví en mis vacaciones de verano ya que ahora trabajaba para ayudarme a sobrevivir en la capital, hasta que como tres años después me enteré de que

había fallecido en Piura, el que me informó no
sabía decir de qué.

ONCE

LOS FIERROS NO SABEN DE BRUJERÍA

Doña Luz Josefa, tenía un pozo y una bomba que le permitían aumentar sus ingresos, desde que quedó viuda. En época de escasez de agua para el riego de las chacras, era importante su funcionamiento las veinticuatro horas del día. Doña Luz Josefa, cobraba por hora la cantidad de agua suministrada. El sistema de bombeo estaba compuesto por un motor *Deutz* de catorce caballos de fuerza y una bomba de cuatro pulgadas. El encargado de mantener funcionando el equipo era su hijo Guillermo. Una noche el motor se detuvo y no hubo manera volver a ponerlo a funcionar, el diagnóstico de Guillermo fue que estaba mal la empaquetadura del *cabezo*, que dejaba entrar agua a la cámara de combustión. Felizmente, tenía repuesto, así que se limitó a cambiarla, pero al probar el arranque, el motor no funcionó. Insistió varias veces y nada. En el ínterin, la mamá había recibido un reclamo del carpintero del pueblo, por unas herramientas prestadas a Guillermo y que hacía días le había pedido que se las devuelva, pero no había respuesta. La madre entró en cólera, porque, en primer lugar, lo que se pide prestado se devuelve inmediatamente después de usar, y, en segundo lugar, las herramientas reclamadas eran iguales a las que se suponía tenía la familia en su cajón de herramientas; así que, el reclamo iba por dos juegos de herramientas, los propios y los ajenos que se recibieron prestados.

—Hoy aparecen las herramientas —decretó la mamá—. Lo más probable es que estén enterradas en el piso de la *ramada*.

La ramada era una especie de techo sobre las máquinas de bombeo, hecha de palos y hojas de palma, con la finalidad de que proporcionen sombra. El piso era de arena suelta, por lo que tanto el motor como la bomba descansaban sobre unas bases muy anchas de concreto o de alfajías de madera. Era común perder pequeñas herramientas enterradas en la arena, por eso la mamá asumía que ahí estarían también las desaparecidas.

En el proceso de escarbado y búsqueda participaron otros dos hermanos. Se removió la arena en todos los rincones y ¡oh sorpresa! aparecieron las herramientas y muchas otras que hacía bastante tiempo faltaban. También se encontró algo adicional e inesperado. Un paquetito cubierto con una película de plástico, un pedazo de cortina de baño al parecer, conteniendo unas yerbas como de *perlillo* o laurel

El Hallazgo, les pareció muy extraño a los muchachos y acudieron con la madre, con las herramientas primero, para que calme su enojo. Luego le mostraron el paquetito y su contenido.

—Eso es brujería —sentenció.

—¿Brujería, para qué? —preguntó Guillermo

—¿Cómo, que para qué? —replicó la madre.

—Si la brujería existiera, atacaría a las personas, ¿Pero a los fierros? —dijo el menor de los hermanos.

—El que ha puesto este menjunje piensa que sí —dijo Guillermo

—¿Y si tuviera efecto? —intervino el hermano intermedio.

—Bueno, ¡ya! —cortó la conversación la madre—, han resuelto la pérdida de las herramientas, pero el motor sigue apagado.

Los tres muchachos volvieron al problema del arranque del motor. Probaron una vez más y ¡oh maravilla!, el motor arrancó a la primera. Funcionaba perfectamente, lo conectaron a la bomba mediante la faja de transmisión y pronto el agua salió por el tubo. Todo se había resuelto. Los tres se miraron, pensando en la misma cosa.

—¿Brujería? —dijo, Guillermo.

—No lo creo —dijo el menor—, es pura coincidencia —agregó.

—¿Qué coincidencia? —dijo el intermedio.

—No lo sé. El tiempo en que el motor estuvo parado después del cambio de empaquetadura hizo que esta se hinche y sellara mejor, por ejemplo.

—¿Y si no fuera así?

—No me digas que crees en esas cosas —insistió el hermano menor.

—Vamos a informarle a mamá —dijo Guillermo.

Pero la mamá ya estaba enterada que el motor estaba funcionando y ahora estaba llegando a donde estaban ellos.

—Arrancó. ¿Qué cosa había sido? —los interrogó.

—No tenemos idea —contestó Guillermo.

—¿Cómo, que no tienen idea?

—Sólo hemos venido y le hemos dado arranque y arrancó.

—Es la brujería— sentenció la madre— llevaré el paquete ese a un brujo para que lo vea. Yo estoy casi segura de haber visto ese plástico en alguna parte.

—El brujo te va a decir cualquier cosa y terminarás peleando con alguna vecina —dijo el intermedio.

—Yo no haría eso —replicó la madre.

—¿Entonces para que llevarlo al brujo? —dijo Guillermo.

—Solo para saber, de quién tenemos que cuidarnos.

—Eso sí —dijo Guillermo—, hay alguien que nos quiere hacer daño, o cuando menos que la bomba deje de funcionar.

—¿Por qué dices eso? —preguntó la madre.

—Hace como un mes, cuando apagué el motor, escuché un ruido dentro de la tubería deslizándose hasta chocar con el codo próximo a la bomba. Pensé que sería alguna piedra. Desmonté la bomba y encontré un trozo macizo de fierro, de forma cilíndrica como de dos pulgadas de diámetro y ocho de largo. Si ese fierro hubiera llegado hasta las aspas de la bomba, cuando estaba funcionado, las hubiera roto. No sucedió porque el empuje del agua lo mantuvo en su sitio, cuando dejo de circular agua, se deslizó. Ese fierro no llegó allí solo, ni siguiera era una pieza común, que algún niño hubiera puesto, como una piedra, por ejemplo. Pienso que ese fierro estaba allí porque había sido puesto por alguien que quería hacernos daño.

—¿Ya ven? —dijo la madre, triunfal.

—Aun así, suponiendo que la brujería existe, esta actuaría sobre las personas, no sobre las máquinas. Han podido llevarse nuestras ropas y devolverlas con alguna sustancia impregnada, echarle algo al agua que bebemos, hasta en el caso más extraordinario, tomar nuestras fotos, o lo que sea para afectarnos a nosotros. ¿Pero a las máquinas? Muy difícil de creer —dijo el hermano menor.

—Por eso digo, que llevaré el paquete a un brujo.

—Está bien, pero no nos vaya a convencer y hagamos cosas de las que después tengamos que arrepentirnos —dijo el hermano intermedio.

—Ya he dicho que no —dijo la madre algo impaciente.

El paquetito fue colocado encima de una repisa. Permaneció ahí hasta que un día terminó en el piso y la señora que ayudaba a la mamá lo barrió y lo arrojó con la basura. Nunca lo llevó al brujo.

DOCE

SOLO DIOS Y MI SECRETO

Francisco era un buen muchacho y después se convirtió en un buen hombre. Formó una familia respetable. Educó bien a sus hijos. Montó un negocio que le permitió vivir sin sobresaltos. Pero Francisco había sido un hombre pobre, un jornalero. ¿Cómo hizo para tener, en poco tiempo, un camión y una tienda? Había muchas explicaciones a esta historia de éxito. Una de estas decía que era un muchacho muy ahorrativo, por lo que pudo juntar para el camión y el negocio. De esta versión discrepan los que con el mismo salario no han podido juntar ni para comprar una bicicleta. Hay otra versión, como en toda historia, que explica que el inesperado éxito de Francisco fue producto de la suerte y la paciencia. Lo que les cuento ahora, es lo que me contó Carlos, un contemporáneo de Francisco, que, sin embargo, no me quiso revelara su fuente. Tal vez porque era el mismo Francisco. La historia sucedió en un pueblito ecuatoriano, en la frontera con el distrito peruano de Casitas.

Los hechos se dieron cuando muy joven, antes de los veinte años, Francisco entró a trabajar con don Lorenzo Farías, un hombre que tenía una gran cantidad de tierras, vacas y cabras, sin llegar a ser dueño de hacienda. Es más, pagaba una sisa por cada cabeza de ganado que tenía, al hacendado. Se decía que había heredado mucho capital de su padre, sin que se sepa quién había sido éste. El trabajo de Francisco era multitarea, desde sembrar, ordeñar o preparar el almuerzo. Era, por decirlo así, la mano derecha de don Lorenzo.

Aparte de la suerte y la paciencia, creo que la clave del éxito de Francisco también fue la observación y el silencio. Había observado cómo don Lorenzo, dos veces al mes, en martes, se alejaba de la casa que tenía dentro de una de sus chacras, para ascender un cerro, por la parte trasera de la casa. Al comienzo pensó que se iba a mirar a su ganado, pero pronto cayó en la cuenta de que solo lo hacía el primer y tercer martes de cada mes. Esa exacta costumbre lo intrigó y decidió seguirlo, aun cuando don Lorenzo le encargaba suficientes tareas para que no le quede tiempo disponible. Es que el hombre tampoco era tonto, suponía la eventualidad de que el muchacho lo siga, por eso al alejarse lo hacía despacio, sin prisa, como un paseo, deteniéndose a cada momento y mirando a todos los lados. Una vez comprobado que estaba solo, reanudaba la marcha apoyándose en un palo liso, como un cayado, pero sin la curva, que hacía las veces de bastón. A Francisco este comportamiento le parecía extraño y se reafirmó en su idea de seguirlo, pero la desconfianza de don Lorenzo se lo hacía difícil, pero aquí vino a su ayuda la paciencia. Decidió seguirlo por etapas, la primera hasta donde alcanzaba a ver desde la cocina, a través de un agujero en la pared de quincha que él mismo hizo y mantenía oculto detrás de una ilustración de un torero, que fue parte de un antiguo calendario, colgada en la pared. En la segunda etapa, escogió un lugar a uno de los flancos del punto hasta donde había llegado la primera vez, por donde don Lorenzo no prestaría mucha atención, pensando que si alguien lo siguiera estaría detrás de él. Le llevó semanas a Francisco conocer al fin el lugar al que iba don Lorenzo. Observó, cómo un día dejó de avanzar, se detuvo como cuando lo hacía para mirar en todas las direcciones buscando intrusos, pero esta vez a diferencia de aquello, se sentó en el suelo y sacó una varilla que parecía de fierro, porque de madera no era, ya que, siendo tan delgada, resistía ser golpeada con fuerza para remover tierra. Luego de un momento de escarbar, se puso de rodillas en el suelo y con las dos manos desenterró lo que parecía una botella grande, como damajuana de vino, la que miró a trasluz y la volvió a dejar en el mismo lugar; y la enterró otra vez. Francisco no podía saber que era, pero debía de ser algo importante para que don Lorenzo se tome tantos trabajos. Decidió averiguar de que se trataba.

Cinco días después, para no levantar las sospechas, aprovechó la noche, para volver al sitio del entierro de don Lorenzo, pero no uso el mismo camino, sino que subió al cerro por el lado opuesto, demoró un poco en encontrar el sitio, porque el paisaje mirado desde ese lado, y a oscuras, se le hacía algo diferente. Escarbó, donde estaba seguro de que era el sitio, la tierra removida también se lo señalaba, pero cosa extraña, no encontró nada. «Me habré equivocado» pensó. Tal vez se había confundido. Debería prestar más atención.

Durante este tiempo de intriga y sospecha sobre las actividades de don Lorenzo, Francisco no le contó a nadie, ni a su mejor amigo; y estaba dispuesto a aclarar el misterio solo.

El martes, que, según lo observado por Francisco, le tocaba salir a don Lorenzo, este no lo hizo. «Ya desenterró el botellón, seguramente lo tiene en la casa» pensó. Tenía que cambiar su estrategia para ver cómo se introducía al dormitorio de don Lorenzo, donde seguramente tenía el recipiente. El muchacho no sabía qué contenía la botella, pero lo sospechaba y lo obligaba a mantener el silencio, más que nunca.

Andaba pensando y observando para ver como lo haría para llegar hasta el objeto de sus deseos, cuando en la tarde de ese miércoles, don Lorenzo, empezó a subir el cerro. «No puede ser, se va otra vez a enterrarlo» pensó, pero observó que una cosa tan grande y, al parecer, pesada como la botella se le notaría y no era así. No llevaba nada solo el palo-bastón. Intrigado lo siguió por el camino alterno que ya tenía elegido.

Don Lorenzo repitió los movimientos que había visto francisco la vez anterior, pero en otro sitio. Volvió a mirar la botella y la volvió a enterrar. «Lo cambia de lugar, el viejo zorro. Debe tener días para inspeccionarlo y días para cambiarlo» pensó.

Con ese conocimiento, Francisco ya no esperó más y esa misma noche desenterró la botella, que como ya lo sospechaba, contenía la herencia que don Lorenzo recibió de su padre. El botellón estaba lleno de moneras de oro. Una fortuna.

Al día siguiente, Francisco se presentó a trabajar como siempre. Dos días después observó a don Lorenzo dirigirse al cerro, ya no lo siguió. Esperó su vuelta. Demoró más de la cuenta, ya era de noche cuando lo vio que bajaba resbalándose con apariencia de haber llorado. Francisco se acercó para ayudarlo.

—¡Déjame, muchacho! Que no tengo necesidad de que nadie me cuide —dijo empujándolo.

—¿Va a necesitar algo don Lorenzo? —le dijo Francisco para indicarle que tenía que retirarse.

—Sí. ¡Que te vayas!

—La comida está en la cocina, todavía caliente ¿Se la sirvo?

—No. Ya vete por el amor de Dios.

Nunca lo había tratado así, pero entendía su situación.

—¡Hasta mañana, don Lorenzo!

Al día siguiente, cuando Francisco llegó a la casa de don Lorenzo, no lo encontró. «Que raro» pensó. Se dedicó a sus tareas de siempre y como a las diez de la mañana vio a don Lorenzo descender del cerro, todo enterrado.

—¡Don Lorenzo! ¿Qué le pasó, acaso se ha caído?

—¡No molestes, muchacho! ¿Ya hiciste tus tareas?

—Estoy en eso, señor. Para servirle su desayuno.

—No quiero. Ya tomé.

Francisco sabía que no era cierto, porque no había encontrado señas de aquello. «Está sufriendo, el viejo, pero no me va a decir por qué»

En esta parte, mi fuente me dice que Francisco estaba a punto de arrepentirse, le dolía ver sufrir a su jefe, pero él mismo se autoconvencía de que era lo correcto lo que estaba haciendo. Porque para qué quería ese dinero un pobre viejo que ya solo le faltaba morir y cuando lo haga dejará bajo tierra algo que puede ser vital para otras personas.

Don Lorenzo se fue debilitando rápidamente por la terquedad de no querer alimentarse y por la pena de lo perdido. No duró mucho. Cuando murió, Francisco se endeudó para comprar el mejor ataúd y contrató a un cura para que le haga misa de cuerpo presente, ceremonia poco acostumbrada en la zona. Alimentó y recibió en la casa de don Lorenzo a todas las personas que quisieron acompañar el duelo por nueve días.

La gente se preguntaba, qué se iba a hacer con las chacras y ganado del difunto. Mientras tanto, Francisco seguía asistiendo a trabajar. «Cuando vengan los nuevos dueños me pagarán» decía. Y llegó una nueva dueña, cuando las apuestas corrían a favor de que no había herederos y se tendría que adjudicar las propiedades a Francisco o entregarlas al Estado. La heredera, una mujer de trato desagradable, que creía que merecía las consideraciones de una reina; y quejándose todo el tiempo del clima, los mosquitos, el agua, el viento, el polvo, etc., etc. Apareció con un testamento. Le ofreció todo en venta al alcalde, que compro también todo, a un precio huevo según dicen y que luego con más tiempo revendió a los parroquianos.

Francisco se quedó sin trabajo, pero al poco tiempo, empezó a levantar una casita en un terreno que fue de don Lorenzo, pero que la heredera se lo dejó «por los cuidados a su tío». Cuando concluyó la construcción, puso una tienda, que poco a poco fue *vistiendo* hasta convertirla en la más surtida de la zona, con clientes en ambos lados de la frontera. Meses después, la cereza del éxito: un camión al que le hizo pintar por nombre: «Solo Dios y mi Secreto».

TRECE

EL CAMIÓN FANTASMA

En Aquellos tiempos, había que controlar en el puesto de la Bocana para entrar por la carretera que iba a Huásimo, en la frontera con el Ecuador. Fernando, conducía un camión Ford viejo, con cabina de madera, con doble fila de asientos, que una vez a la semana hacía ese recorrido; entraba de noche para regresar en la mañana. En esta oportunidad, como en otras, hizo el control.

—Tienes un pasajero —le dijo el policía de servicio, señalando a un hombre de talla media con un maletín pequeño como equipaje.

—¿Quién es? —indagó Fernando.

—Pedro Conde —contesta lacónicamente el policía.

—Pero ¿quién es?, un nombre no dice nada.

—Eso es lo que dicen sus documentos y su propósito es llegar hasta antes del Huásimo dónde dice que se le ha quedado malogrado su carro. Está llevando el repuesto, que supongo debe ser una pieza pequeña porque no se le ha visto, solo el maletín que porta.

—Bueno, nos hará compañía en el camino.

Fernando con los papeles sellados y en regla, salió del puesto hacia su camión y en el trayecto fue interceptado por el pasajero del que le había hablado el policía.

—Don Fernando, ¿me puede llevar al Huásimo?

—Sí, claro. Ya el policía me dijo. Suba en el asiento de atrás. Eduardo, ábrele al señor …

—Pedro Conde.

—Ah. Sí. Se me había olvidado, el policía ya me lo había dicho.

Eduardo era el ayudante. Indispensable para esos caminos y para ese camión, que tendía a apagarse en las subidas y era necesario *taquearlo* para que no se regrese. La presencia del pasajero, lo aliviaba más porque ya serían dos con el ayudante, aunque el carro iba vacío, nunca estaba demás contar con ayuda extra.

A Fernando le gustaba ir conversando con los pasajeros, para evitar dormirse, que, si bien nunca había sufrido un accidente por esa causa, le resultaba muy difícil mantenerse despierto, por eso recurría a varias prácticas para luchar contra el sueño, desde mojarse la cara hasta darse bofetadas; y en última instancia, detenerse al costado del camino y dormir un rato.

—¿Dónde se le ha quedado el carro?

—Más allá de la que llaman la cuesta del toro.

—Feíto lugar, para quedarse.

—Sí, pero no hay problema.

—¿Y qué tipo de carro es?

—Así como este, pero un poquito más nuevo.

—Ja, ja. Sí este ya está para cambio.

Y así fueron avanzando. Fernando miraba al espejo, pero no lograba ubicar al pasajero. Volteo la cabeza para mirar mejor y vio que se había corrido hacia la puerta derecha y salido de la visión del espejo.

Antes de llegar a la cuesta del toro, hay que subir un poco y luego descender antes de iniciar el ascenso final. Cuando estaban en la pequeña cumbre previa a la cumbre de la cuesta mayor, vieron unas luces de un carro que venía en sentido contrario.

—Viene un carro —dijo Eduardo, el ayudante.

—Ya lo vi —dijo Fernando—. Es mejor que esperemos aquí, para no cruzarnos en plena cuesta, porque no entramos y no podemos detenernos a la mitad.

—Pégate para la derecha. Yo te aviso —dijo el ayudante y bajó del vehículo. El pasajero no se movió.

—Prepárate los tacos. Pon dos a cada lado en el asiento de atrás. Pide permiso —le indicó Fernando.

Se estacionaron, apagaron las luces, pero no el motor. La noche estaba silenciosa y extraordinariamente oscura, que se pronunció más, al apagar las luces. El silencio, solo era roto por el ruido del motor. Se volvieron a ver los haces de luz dirigidos hacia arriba, haciendo brillar a los insectos que volaban sobre los arbustos del bosque seco.

En la espera, Fernando que tenía la capacidad de dormirse después de minutos de inactividad, estaba roncando; y el carro no terminaba de pasar. Ya no vieron más las luces por un tiempo y el ayudante pensó que debía despertar a Fernando para decidir qué hacer, si continuar esperando o seguir el camino.

—¿Usted, que opina? —le preguntó Fernando al pasajero.

—Yo opino que hay que seguir —contestó.

—Entonces, está decidido. ¿estamos listos, Eduardo?

—¡*Fuu*, desde hace rato!

Entraron de nuevo a la carretera y aceleró un poco en la bajada, para ganar inercia, aunque no se podía alcanzar mucha velocidad, porque a media cuesta había una pequeña curva. De todos modos, tenían a su favor que el carro iba liviano y por si acaso los tacos ya estaban listos. No fueron necesarias ninguna de las precauciones, el carro subió la cuesta agilito, como nunca.

—¿Y dónde está el carro que venía? —dijo Fernando, escudriñando la noche.

—Debería estar por aquí —le contestó el ayudante. El pasajero no dijo nada.

—¿No se habrá dado la vuelta? —dijo Fernando.

—No —le contestó el ayudante y agrega— si fuera eso, hubiera visto las luces cambiando, yo he estado mirando todo el tiempo, mientras tú dormías, porque te soy sincero, tenía un poco de miedo estando ahí en la oscuridad.

—¿Y usted qué dice? —le preguntó Fernando al pasajero y al no recibir respuesta le dijo al ayudante:

—Se ha quedado dormido, creo.

El ayudante se volteó a mirar el asiento trasero.

—¡Carajo! —dijo y volteó a mirar a Fernando con cara de espanto.

—¡¿Qué pasa?!

—¡No está!

—Pa su... Lo dejamos allá atrás —dijo Fernando pisando el freno.

—No frenes. Al contrario, acelera.

—¿Por qué?

—Porque yo lo he visto que venía en el carro cuando arrancamos y ahora ya no esta y el carro de las luces ya no está, carajo tengo la piel de gallina.

Fernando entendió lo que le quería decir el ayudante y aceleró hasta donde pudo.

CATORCE

LA PANDILLA

En muchos pueblos existen las pequeñas pandillas de niños traviesos, que entre sí forman un grupo compacto y se imponen sus propias normas secretas, como aparecen en gran cantidad de libros para niños y adolescentes. Este pueblo no fue la excepción, solo que no se trató de niños, sino de jóvenes cercanos o ya dentro de la adultez. Sus hazañas tenían que ver con pequeños hurtos para burlar la vigilancia de los cuidadores. Solo por diversión, porque no necesitaban ni comer, ni dinero, que se los proporcionaban sus padres, sin mayor esfuerzo.

El aburrimiento de la noche y el exceso de energía que el partido de fulbito de la tarde no pudo disipar, era el eje que movía el deseo de aventuras. En una noche cualquiera de un día cualquiera, el grupo reunido y sentados en círculo sobre el suelo aún tibio:

—Me ha provocado sandía —dice de manera inesperada José.

—En la chacra de Diego Torres hay bastantes —le contesta Toribio.

—Entonces qué esperamos —se pone de pie, José, el más audaz de grupo.

—Yo no voy. Tiene un cuidador con escopeta —dijo Simón.

—Cobarde. Entonces tu vas a comprarle —dijo José.

—No tengo plata y además yo no quiero sandía.

—Ya te quiero ver cuando tengamos aquí dos hermosas y suculentas y rojas y dulces sandías.

—Además, quién me va a creer que en la noche voy a ir a una chacra a comprar sandías —insistió Simón.

—Usa la inteligencia, pues. Dile al cuidador que estás regando tu chacra y que quieres comprar una sandía aprovechando la oportunidad. El cuidador sabe que no tiene que dar cuenta al dueño por esa venta y con seguridad aceptará, así mientras está ocupado contigo nosotros nos despachamos por nuestra cuenta ¿Qué tal? —dijo José como un eximio estratega, luego dirigiéndose a los demás agregó— ¿están de acuerdo?

Encontró la aceptación de tres y más el comprador Simón.

El comprador, hizo su parte y el cuidador no entró en sospechas, por lo que Simón sintió deseos de burlarse un poco de la calidad de la vigilancia.

—¿No tienes miedo de que te roben las sandías por el otro lado, mientras estás por este?

—Ah, no. ¿Para qué crees que tengo la escopeta?

—¿Matarías a una persona, por una sandía?

—¿Matarlo? ¡No! Solo haría que se arrepienta toda su vida, porque en lugar de municiones, he cargado los cartuchos con sal gruesa.

José y el otro grupo escuchaban el diálogo de Simón con el cuidador, lo que hizo que no se aguantara y gritara desde el otro lado del cerco de la chacra:

—¡Qué ricas las sandías, cuando son gratis! ¡Y cuando el cuidador es un sonso!

El cuidador enfurecido hizo un disparo al aire y se fue corriendo hacia donde había escuchado la voz.

Simón, no sabía si aprovechar el desorden para fugar también con su sandía, o esperar a que regrese para pagarle. Si se iba, lo acusaría con el dueño de cómplice y este lo acusaría con su padre. Si se quedaba, podría igualmente ser acusado de cómplice y ser retenido ahí mismo e igualmente terminaría acusado ante su padre, el que sabría inmediatamente la verdad, porque sabía que esa noche no había riego. «Ese José me las va a pagar» pensó con rabia. Decidió esperar.

—Se escaparon los hijos de la porra, pero a alguno espero haberle dado porque les hice un disparo bajo —dijo el cuidador al regresar de la persecución.

Simón, se sintió aliviado, parecía que no lo iba a relacionar con los otros.

—¿Me puedes vender otra? esta no alcanza, en mi casa somos varios —dijo Simón para cambiar de tema y asegurarse de que definitivamente el cuidador no lo había relacionado.

—Tú no estarás en complicidad con esos, ¿verdad?

—¿Yo? De ninguna manera, yo también tengo chacra y también me roban. Además, somos vecinos.

—Claro, tienes razón. ¿Sabes qué? Te voy a cobrar una, nomás.

Así terminó el episodio de las sandías.

Otra noche, Hildo, que no había participado en el robo de las sandías, llego a la casa de Alfredo, que nunca participaba en lo que llamaba niñerías, llegó acompañado de tres de los sandilleros. Llegaron con una gallina para preparar un caldo, para conversar un rato, dijeron, mientras se tomaban algo. Alfredo vivía solo cuidando el funcionamiento de una máquina, ahí tenía una cocinilla a gas de kerosene marca *Primus*. Pero había un problema, le dijeron, la gallina estaba clueca y no era bueno para la salud, además estaba un poco flaca. Qué tal si se la cambiaban con un pollo que Alfredo criaba ahí. A este no le pareció mal, una gallina por un pollo estaba bien.

Todo fue normal hasta el otro día cuando la gallina insistía en salirse del corral de Alfredo, a tal punto de volar sobre el cerco, por lo que el joven fue tras ella para capturarla, tenía miedo de que se pierda buscando la casa de Hildo, que estaba lejana. La gallina llegó hasta el limite de la propiedad y la saltó, Alfredo desesperado saltó también y observó con estupor como la gallina entraba al corral de un tío y se acomodaba sobre unos huevos, que al parecer estaba empollando.

—Tío, ¿esa gallina es de usted?

—¿Y de quién va a ser, no ves que está en mi corral?

—¡Me fregaron!

—¿Qué has dicho?

—Nada tío.

O cuando a un vecino le mataron un gallo y luego se lo llevaron a él mismo para que lo prepare.

Otra noche, se les dio por asustar a unas personas que caminaban a oscuras por la carretera. Se agenciaron de una sábana y se fueron corriendo por el camino de la quebrada para emboscarlos más adelante. El encargado de asustarlos fue como siempre el más aventado, José.

Cuando aparecieron las personas, un hombre y tres mujeres, estos vieron como dos cosas blancas les salían al paso haciendo sonidos extraños, fueron sorprendidos; y ante la estampida de las damas, el varón siguió su retirada, desandando el camino.

José también había visto al otro disfrazado, aunque habían quedado que solo él iría.

—Te animaste a unirte a la diversión le dijo a su compañero que seguía cubierto con la sábana.

—Contesta pues compadre —le dice al que le parecía Hildo y le lanzó una palmada en la espalda, pero su mano se fue al vacío.

—¿Qué?

Volvió a quererlo tocar y se dio cuenta que era impalpable. Que este si era un fantasma. Todo el cuerpo se le erizó y salió corriendo en la misma dirección que sus asustados, los cuales se habían detenido por considerarse ya fuera de peligro, pero al ver de nuevo a los fantasmas, reemprendieron la fuga.

—¡Espérenme! —gritaba desesperado José, hasta que llegó a su casa que quedaba al borde de la carretera y donde lo esperaban sus amigos y también los asustados.

Cuando llegó, y al borde del desmayo, se abrazó con el primero; y fue cuando una sombra pasó rauda generando una onda de viento helado que apagó las lámparas a kerosene.

Después de ese día, creyeron que sus días de palomillas habían llegado a su fin. «Esto es un aviso» dijeron.

QUINCE

LOS FANTASMAS NO EXISTEN

Abelardo era un hombre que no temía a los fantasmas. Sus compueblanos decían que era porque nunca se había topado con uno. El respondía que los fantasmas no existen; que los miedosos los ven, no porque existan, sino porque son miedosos. Se había convertido en *desentrañador* de misterios como en los casos que me refirieron. El primero fue como sigue:

Abelardo recorría el camino a Carrizalillo. En una curva entre dos cerros, los árboles de ambos lados del sendero entrecruzan sus ramas, haciendo que el camino se oscureciera más que en cualquier otro tramo; lo que inducía al caminante a sentir un miedo acrecentado por esa repentina oscuridad. La gente que usaba esta senda contaba que con frecuencia se topaba con apariciones inusuales como una gallina con varios pollitos que cruzaban el camino pasando de un árbol a otro. Para Abelardo, esto no era creíble. Aunque alguna base debería tener, porque los mitos o las leyendas no surgen de la nada.

Abelardo, había oído con frecuencia la historia de la gallina, pero nunca había tenido la oportunidad de ver algo parecido. Tal vez porque nunca pasó a la hora indicada. Hasta esa noche del domingo.

Había bebido como cosaco e iba eufórico, hablando consigo mismo, para evitar quedarse dormido y caerse de la mula que montaba. No se había acordado de las apariciones hasta que estuvo en el lugar mismo y escuchó unos ruidos sobre su lado izquierdo y sí. ¡Ahí estaba! ¡Era cierto! Salió rápidamente de un lado para ir al otro del camino, efectivamente un bulto que parecía una gallina. Rápidamente arremetió contra este y con el látigo del freno la derribó; los ruiditos emitidos por el supuesto fantasma no correspondían a los que harían una gallina. El susto inicial había sido suficiente para que la borrachera se le disipe un poco. El animal, a todas luces era un animal, yacía en medio del camino. Abelardo se bajó de su montura y prendió un fósforo y ahí estaba: era un pobre huanchaco, adolorido por el latigazo, sin ganas de moverse.

Cuando Abelardo divulgó el hallazgo, la historia de la aparición en forma de gallina terminó.

El segundo caso sucedió en el camino que iba de Bellavista al Palmo en el tramo donde este se estrechaba entre una acequia y un cerco, se decía que en algunas noches se aparecía un muerto o un diablo, en eso no coincidían los testigos, que, vestido de blanco, como un monje, corría por el camino, delante del testigo, agitando un látigo hasta desaparecer en la oscuridad. La historia era tan conocida que las personas evitaban ese tramo tomando un desvío por el lado de una quebrada que corría cerca y en paralelo al camino. Hasta que le tocó pasar por el sitio al intrépido Abelardo, hombre de poco miedo y menos si se ha tomado algunas copitas, no muchas hay que decirlo, acostumbrado a recorrer caminos de día o de noche desde muy tierna edad, había desentrañado muchos misterios de apariciones sin haber comprobado jamás la existencia de esos episodios paranormales.

Esa noche montado en su fiel mula ceniza, compañera de viajes por los cerros del distrito de Casitas, buscando sus vacas y arreando sus cabras, había perdido, al igual que su amo, la capacidad de asustarse. Cuando divisaron al muerto o diablo levantarse en el camino, efectivamente cubierto con una manta blanca y agitando su látigo en el aire, lo persiguieron hasta la quebrada donde el fantasma tropezó y rodó golpeándose al parecer muy fuerte porque se quedó inmóvil. Nicolás se acercó sin desmontar y alumbró con una pequeña linterna, recién adquirida, que portaba esa noche; y he aquí que se trataba de un burro de color blanco que tenía una cola grisácea que terminaba en un mechón blanco. El color del asno y especialmente de la cola había hecho que el miedo de la gente ante lo desconocido haya moldeado al fantasma de ese camino.

DIECISEIS

EL FALSO FANTASMA

Yo tenía unos once años y mi hermano unos quince. Una noche nos tocó regar la chacra que era un platanar, que como saben los que cultivan estas plantas, al interior de la plantación, es muy oscuro y los ruidos son muy variados, una hoja que se dobla y golpea contra el tallo se escucha como el golpe de una piedra, la flor del plátano al irse abriendo va soltando las cubiertas que caen todo el tiempo. A todos esos ruidos no nos terminábamos de acostumbrar y cada vez que escuchábamos algo, dirigíamos la mirada escudriñando la noche, es que la luz proveída por un candil a kerosene tampoco ayudaba. Alrededor de las once de la noche solíamos «repartir» el agua entre varias porciones o «bancos» de sembrío para que se riegue solo en el resto de la noche , considerando que el caudal de agua de riego era muy bajo.

Esa noche se nos hizo más tarde y salimos del platanar bordeando la medianoche, ese dato ya era para nosotros motivo de preocupación, más de mí, debo decirlo, porque mi hermano nunca manifestó tener demasiado miedo a la oscuridad o apariciones que con frecuencia se narraban que existían en la zona.

Para regresar a la casa teníamos que hacer un recorrido relativamente corto de no más de seiscientos metros a través de una trocha que se utilizaba para que los camiones entren a cargar los plátanos.

Dio también la casualidad de que, hacía apenas unas semanas, había fallecido nuestro tío Rogelio. Este acontecimiento, más la proximidad de la medianoche justamente cruzando la propiedad del recién fallecido, me tenía francamente preocupado.

Para movilizarnos hasta la chacra utilizábamos una bicicleta y sobre ella iniciamos nuestra vuelta a casa, pero cuando íbamos por la mitad del recorrido por el costado de la chacra del finado, sentimos un ruido estremecedor de los pájaros que dormían en los árboles de dos algarrobos próximos y de las plantas de mango de la chacra del tío difunto. El grito de los pájaros y el movimiento de las ramas, como si de pronto habían adquirido la propiedad del movimiento, hizo que nos detuviéramos en seco, porque justamente entre los árboles que se agitaban estaban aquellos debajo de los cuales tendríamos que pasar. Sentí tanto miedo, que empecé a rezar automáticamente en voz alta. Mi hermano mantuvo la calma, no me acompañaba a rezar, no sé si efectivamente no tenía miedo o trataba de evitar que yo me asuste más, como si eso fuera posible. Me opuse rotundamente a seguir el camino y mi hermano aceptó regresar sobre nuestros pasos, cruzar el platanar oscuro para salir a una carretera en el otro extremo, caminando sobre la tierra mojada con la bicicleta al hombro (hoy me pregunto por qué simplemente no la dejamos y la recogíamos al día siguiente). El rodeo significó alargar nuestro camino en cuatro veces. Al fin llegamos a la carretera embarrados hasta las rodillas con los zapatos pesados por el barro acumulado, pero a salvo. Mas tranquilos, montamos la bicicleta y llegamos a casa como a las dos de la madrugada.

Había que volver a la chacra como a las seis de la mañana para revisar el riego y cambiar la dirección de las aguas hacia lo que seguía. Mi hermano, no me despertó, se fue solo, cuando regresó, como a las ocho, me dijo:

—¿Quieres saber lo de anoche?

Yo me acababa de levantar y estaba convencido de que, lo de anoche, no podía ser otra cosa que alguna especie de fantasma. Me preguntaba cómo podía saber mi hermano lo que había sido.

—¿Qué crees que ha sido? —le pregunté.

—No es lo que creo, estoy seguro —me contestó medio molesto por mi pregunta.

—¿Qué ha sido?

—No te lo vas a creer.

—¡Vamos! De una vez dilo.

—¡Un huanchaco!

—¿Qué?

—Un huanchaco se ha subido a la planta de un mango, el más central de todos y ha cazado un pájaro negro, eso ha hecho que se despierten todos y la desesperación por salir volando rápidamente hacía que las ramas se agitaran y den la sensación de que eran sacudidos por alguna fuerza sobrenatural.

—¿Y cómo sabes eso? —pregunté todavía incrédulo.

—Porque todavía lo encontré encaramado; y en el suelo había plumas negras. Más claro no puede ser.

—Según tu opinión.

—¿No me querrás decir que crees que es un
fantasma? —Me dijo burlonamente.

—Tú anoche creías lo mismo.

—Solamente te seguía la cuerda.

DIECISIETE

LOS FANTASMAS SÍ EXISTEN

Mi nombre es Mario, yo digo que los fantasmas sí existen, aunque digan algunos que no. Lo digo, no porque alguna vez haya visto alguno, pero sé lo que se siente. Han sido dos las veces que he sentido la presencia de fantasmas, pero no me adelanto, aquí les contaré mis historias.

Yo era bombero. Encargado de una estación de agua para riego. Tenía diecisiete años y para ejercer mi función vivía en una casita de quincha y techo de tejas que constaba de dos piezas, una para dormitorio y la otra para usos múltiples, incluidos comedor y cocina. Vivir solo, me daba un aire de independencia y adultez que mis contemporáneos envidiaban; y no me faltaban amigos en las noches para charlar antes de acostarme. Algunos se quedaban a pasar la noche, por lo que tuve que conseguir un catre de campaña para las visitas. mi trabajo consistía en llevar la cuenta, en horas, del uso de la bomba por cliente, así como prender y apagar el motor, vigilar el correcto funcionamiento y cumplir con el mantenimiento. No solía cocinar mis alimentos, aunque tenía una hornilla a leña y un *primus*. Desayunaba, almorzaba y cenaba en la casa paterna, distante medio kilómetro, más o menos.

Una noche, después de cenar, antes de ir a mi casita de bombero, pasé por la casa de la tía Juana, a conversar con mis primos. Era un buen conversador y muy bienvenido por mi buen humor para contar historias. Esa noche, fueron el tema de conversación los fantasmas, las ánimas en pena, o simplemente penas. Terminada la charla continué mi camino entre las chanzas y risas de los que se quedaban.

—Cuidado con el alma del finadito Pancho, dicen que en la curva del algarrobo se aparece como a esta hora.

—No hay problema —decía yo—, don Panchito era mi pata.

Todos se quedaron riendo y haciendo ruidos de hipotéticos fantasmas. Mientras que yo, cincuenta metros más allá, tenía que enfrentarme a una oscuridad tupida, a una noche oscura sin luna y sin estrellas. Había sido mala idea ponerme a conversar sobre fantasmas y después tener que seguir por un camino entre algarrobos que hacían más oscura la noche. Sentí ganas de orinar. «Lo que faltaba», pensé. Decidí esperar, pero no pude porque había tomado mucho café. Ni modo. Me aproximé al cerco de la chacra de Isidoro Peña. Tenía la costumbre, como de perro, de orinar en los troncos de los árboles, en las paredes o en los cercos. Qué alivio sentí después de orinar. Me volví para tomar el camino y al mirar para atrás lo vi. Ahí estaba. Era un fantasmita pequeño. «¿Será algún animal?», pensé esperanzado. Le tiré tierra con el pie. No se movió ni un centímetro. «Es mejor seguir. Pero hay que mirar para atrás, ¿me sigue? Si, viene detrás. Es mejor que apure el paso, de repente se queda atrás. No, no se queda. ¿Correr? Sí. Falta poco para pasar frente a la casa de Coloma, donde la luz de sus lámparas llega hasta el camino». Mala suerte. La casa estaba a oscuras. Ya se habían acostado. «¿Tan tarde es? ¿Serán las doce? La hora de los fantasmas. Mejor seguir corriendo, ya falta poco para la casa. Ahí está. Qué bien, la luz sigue encendida. ¡Y el bulto sigue? Sigue allí, también corre, un poquito más alejado, pero sigue». ¡Uf, al fin! Entré corriendo a la casa y el fantasma entro corriendo a la casa.

Sentí indignación. Lo iba a atacar a puntapiés. Me contuve, él no era culpable, era solo amigo. Mi fiel amigo Firabrás, mi perro que me había venido siguiendo para protegerme. La cólera se tradujo en risa y lo abracé. «Gracias amigo fiel» le dije.

Como pueden ver, fue un encuentro fantasmagórico con final feliz.

La otra oportunidad fue cuando se había hecho famoso un paso en el camino a la chacra y que yo tenía que recorrer casi a diario y varias veces de noche. Cuando era muy tarde, para no pasar por ahí, prefería dar un rodeo que casi duplicaba la distancia a recorrer, porque como ya les dije yo si tengo miedo a los fantasmas.

Una noche, cansado de dar rodeos, me armé de valentía y me aventuré a pasar por el bendito paso. No bien me asomé vi que estaba ahí, en medio del camino, blanco y prepotente, obstruyendo el paso. No me quedó más remedio que dar otra vez el rodeo.

Al día siguiente, de día, pasé por el lugar y encontré un burro blanco muerto en el mismo lugar donde vi al fantasma anoche. Entonces entendí que ese había sido el famoso fantasma. Como ahora el paso al fin era seguro, esa noche pasé confiado por el lugar y cuando me estaba aproximando, el bulto blanco, el burro muerto, comenzó a moverse, a agitarse, como queriendo levantarse, «eso, no puede ser el burro muerto» me dije. Me asusté tanto que volví por el rodeo. Al día siguiente, otra vez de día, tuve que volver muy temprano y encontré a un perro comiéndose al burro desde adentro.

Entonces entendí, que los fantasmas existen con ayuda del miedo. Pero sigo creyendo que los fantasmas existen.

Índice

SOBRE EL AUTOR

Nacido en 1952, en Casitas, Tumbes, Ingeniero Químico, con estudios de doctorado en medio ambiente y desarrollo sostenible. Autor de dos libros: «Amor Vetado – Entre el Honor y el Prejuicio» y «El Perdido Mackenzie – O los Giros del Destino».

Lima, 27 de enero de 2022

www.ingramcontent.com/pod-product-compliance
Lightning Source LLC
LaVergne TN
LVHW091709190726
843493LV00001B/220